Sahar
Khalifa

Das Tor

Zu diesem Buch

In Nablus, in den besetzten palästinensischen Gebieten, lebt und arbeitet Sahar Khalifa seit langem. Ihre Erfahrungen haben sich in einem Roman niedergeschlagen, der alle Hoffnungen, Enttäuschungen, Widersprüche und Konflikte der letzten Jahre in sich konzentriert: Was hat der palästinensische Aufstand den Frauen gebracht? Welche Rolle sollen sie in Zukunft spielen? Die Studentin Samar, die alte Hebamme Sitt Sakija und die schöne Prostituierte Nasha – alle versuchen sie sich über diese Fragen, die sich als roter Faden durch den Roman ziehen, klar zu werden.
Undogmatisch und selbstkritisch entwirft Sahar Khalifa ein differenziertes Bild der palästinensischen Gesellschaft in den Zeiten der Ohnmacht, der kleinmütigen Zerwürfnisse, der heroischen Opfer auf dem Weg zur Selbstfindung. »Was ist unsere Heimat anderes als du und ich, als wir, die Menschen?«

Die Autorin

Sahar Khalifa ist 1941 in Nablus geboren. Mit achtzehn Jahren ging sie eine traditionelle Ehe ein, die dreizehn Jahre dauerte. Dann begann sie ein Studium und arbeitete als Dozentin an der Universität Bir Zeit, studierte einige Jahre in den USA und lebt heute als Leiterin eines Frauenzentrums in Nablus und Amman.

Im Unionsverlag sind lieferbar: »Der Feigenkaktus« (UT 3), »Die Sonnenblume« (UT 5) sowie »Memoiren einer unrealistischen Frau« (UT 54).

Sahar
Khalifa

Das Tor

Aus dem Arabischen von
Regina Karachouli

Unionsverlag
Zürich

Die arabische Originalausgabe erschien 1990
unter dem Titel *Bāb as-sāha*
im Verlag Dār al-ādāb in Beirut.
Die deutsche Erstausgabe erschien 1994
im Unionsverlag Zürich.

Unionsverlag Taschenbuch 68

Rieterstrasse 18, CH-8059 Zürich, Telefon 01-281 14 00

Umschlaggestaltung: Heinz Unternährer, Zürich
Umschlagbild: Rafik El Kamel
Druck und Bindung: Clausen und Bosse, Leck
ISBN 3-293-20068-0

Die äußersten Zahlen geben die aktuelle Auflage
und deren Erscheinungsjahr an:

1 2 3 4 5 - 99 98 97 96

Widmung

Ihm
Er sei nah
Er sei fern
Er der sich sehnt nach Horizonten

Die Mutter der Jungs

1

Ein Andrang war das! Als strömten all diese Frauen, so wie früher, zu einem Empfang bei der Verstorbenen. Sie hatte noch in der Blüte der Jahre gestanden, trotz ihrer großen, weitverzweigten Nachkommenschaft. Hellhäutig war sie und füllig. Doch ihre Taille blieb wohlgeformt, und die Beine waren lang und schlank. Eine stolze, starke Frau war sie. Dennoch hatte sie tausenderlei Bedenken, wenn sie ihre Empfänge vorbereitete. Sie kleidete, parfümierte und schminkte sich sorgfältig und verwandelte ihr Haus in ein Paradies von Jasmin, Basilikum und Nelken, von duftendem Tabak und blinkenden Wasserpfeifen, verziert mit Gold- und Silberfäden, mit Perlen und samtenen Schläuchen. Sie ließ eine gut beleumdete Frau kommen, die unterhaltsam, dabei aber unaufdringlich und höflich war. Reihum servierte diese den Kaffee, Honigkuchen und frische Glut. In der einen Hand die Wasserpfeife, in der anderen den Schlauch, paffte sie hin und wieder daran, während sie hurtig von der Küche in den Salon lief. Sobald sie bei einer Dame anlangte, setzte sie die Pfeife zu ihren Füßen nieder, wischte das Ende des Schlauches ab und rollte es halbkreisförmig zusammen. »Wohl bekomm's«, hauchte sie. Einmal wollte Frau Sakija es ihr gleichtun, damals war sie noch sehr jung. Die Frauen zwinkerten einander vielsagend zu und tauschten allerlei Bemerkungen über Länge, Stärke und Wohlgeschmack des Schlauches aus. Die Verstorbene aber eilte ihr in Duftwolken und wallendem Georgette nach, zerrte der Tochter ihres Gatten den Schlauch aus der Hand und wies sie zurecht: »So wird er angeboten!« Da rief eine hinten aus der Salonecke herüber: »Nein, ein steifer Schwanz wär besser!« Einhelliges Gelächter brach los, und das Mädchen, stolpernd vor Verlegenheit und Verblüffung, nahm Reißaus. Das waren doch alles reife, erfahrene, respektable Damen! Wie konnten die meinen, was sie da sagten! Später kam Sakija dahinter, daß das, was sie meinten und woran sie immer dachten, das Gesetz des Lebens und das Mysterium der Fortpflanzung war – die Sorge aller Frauen. Und das täglich Brot einer jeden Hebamme. Ja, gepriesen sei, der das Lebendige aus Totem und Totes aus Lebendem hervorbringt!

Umm Mohammed beugte sich mit einer Thermoskanne voll ungesüßten Kaffees zu ihr nieder und reichte ihr ein henkelloses Täßchen. »Husam erwartet dich in der Küche», raunte sie ihr zu. Sakija sprang von ihrem Platz mitten im Salon auf und lief schnell zur Küche. Er stand am Fenster, der nördliche Berg hinter ihm leuchtete in der Abenddämmerung. Sie konnte seine Züge nicht erkennen, das einfallende Licht verdunkelte seine Gestalt zum Schattenriß.

»Was soll das alles?« fragte er vorwurfsvoll.

Ängstlich streckte sie die Hand aus. »Bitte, sprich doch leise. Die Leute!«

»Ihr solltet euch was schämen vor den Angehörigen der Gefallenen!«

Flehentlich legte sie die Hände ineinander. »Ich bitte dich, denk an unseren guten Ruf.« Sie sah beunruhigt aus dem Fenster. »Hat dich jemand gesehen?«

Lächelnd schüttelte er den Kopf. »Sorgst du dich nun ums Ansehen oder um mich?«

Sie antwortete nicht, spähte jedoch voller Unruhe hinaus. »Es gibt keine Macht noch Stärke außer bei Gott!« murmelte sie.

Das Haus quoll über von Beileidsbesucherinnen, Koranrezitationen und ungesüßtem Kaffee.

Mitfühlend sagte sie: »Es war deine Großmutter ...«

»Na klar, meine Großmutter, und die Frau deines Vaters. Neunzig Jahre. Die hat ihr Leben gelebt. Aber die Jungs ...« Er brach ab.

»Der Tod läßt keinen aus«, sagte sie ergeben.

»Und bei jedem Tod so eine Trauerfeier!«

»Sieben Tage, mehr nicht.«

Aufgebracht murrte er: »Und für die Jungs bloß drei!«

Er rannte fort, schlug die Tür hinter sich zu. Der Widerhall durchbrach die Stille der Gänge, die frommen Rezitationen, die leuchtende Dämmerung. Sie sah zu, wie sich seine Schattengestalt zwischen Weinstökken, wilden Lilien und Kakteenhänden verlor.

Ausschau haltend, beobachtete sie ihn weiter. Er kletterte über die Einfriedung aus Feldsteinen und die Mauer, schlüpfte dann durch die Hecke mit der gestutzten Öffnung. Schließlich verschwand er zwischen Felsen und Dornengestrüpp, irgendwo in den Weiten des Berges im Norden.

2

»Die Mutter der Jungs schreckt kein Dunkel!« So lief es durch das Viertel. Flüsternd wiederholten es die Vermummten, wenn sie vorbeikam. Am Khan der Händler, zwischen den Gärtchen, in den verwinkelten Gassen. Sie hob die Stimme zum Gruß, bevor sie in die Dunkelheit tauchte: »Friede mit euch und Gottes Barmherzigkeit. Friede mit euch und Gottes Gnade.« Sie wandte sich nicht um, spähte nur aus den Augenwinkeln, um sich zu vergewissern. Aus der Finsternis fragte sie ein Vermummter: »Ist Armee im Anzug, Tante Sakija?« Sie schaute nicht hin, setzte ihren Weg fort und sagte immer wieder ihren Spruch auf: »Das Haus schützt drinnen – Mensch und Dschinnen … Friede sei mit euch und Gottes Barmherzigkeit. Friede mit euch und die Gnade Gottes.« Sie ging und ging, bis ein lauter Ruf sie erstarren ließ. »Halt!« Sie blieb stehen. Da kamen sie heran, die Uzi-Maschinenpistolen auf sie und ihre Tasche gerichtet.

»Aufmachen Tasche!«

Sie öffnete die Tasche, und sie besahen ihre einfachen Medikamente – Watte, Mull, Tinkturen, Desinfektionsmittel, Zäpfchen.

»Du Doktor?«

»Nein, Hebamme.«

»Chibame? Was Chibame?«

»Na, Wehmutter.«

»Weimoter? Was Weimoter?«

»Das heißt, ich helfe den Frauen und bring die Babychen zur Welt.«

»Bäbieschen? Bäbieschen!«

Sie hörte zu, wie sie das Wort wiederholten und lachten: »Bäbieschen, Bäbieschen.«

Nur der Posten lachte nicht. Barsch befahl er: »Stell Tasche hier.«

Sie setzte die Tasche auf den Boden. Er trat ein paar Schritte zurück, seine Maschinenpistole und die der beiden anderen zielten auf sie und ihre Tasche.

»Kippen Tasche!« befahl er.

Verständnislos sah sie ihn an.

Er brüllte aufgeregt: »Tasche auskippen!«

Die ganze Straße vibrierte, die nächtlichen Gebäude und dunklen Schatten bebten.

Er trat nach der Tasche und sprang rasch beiseite. Von weitem beobachtete er, wie Sakija die Medikamente auspackte und dabei murmelte: »Es gibt keine Macht noch Stärke außer bei Gott. Es gibt keine Macht noch …«

»Was dies?«

»Eine Klistierspritze.« Sie nahm die Gummikugel, preßte sie zusammen. Er wich einen weiteren Schritt zurück und schrie: »Stell auf Boden!«

Sie legte die Spritze auf die Erde, und er schleuderte sie mit einem Fußtritt fort.

Sie mußte lächeln. Die fürchteten sich doch wirklich vor allem, sogar vor einer Klistierspritze. Jedem Geschöpf begegneten sie mit Argwohn, und sei es bloß eine Katze.

An den geschlossenen Läden strich eine Katze vorbei, Richtung Abfalltonne. Sie schaute ihr nach, bis sie den orangenen Lichtkreis der Straßenlaterne verlassen hatte. Da entdeckte sie hinter der Abfalltonne dunkle, schemenhafte Gestalten! Ihr Herz begann zu rasen, beinahe hätte sie der Schlag getroffen. Was nun, wenn sie einen Stein warfen? Oder einen Molotowcocktail? Wenn es zwischen beiden Seiten zum Gerangel käme, während sie noch auf der Straße stand! Wäre es denn wirklich möglich, daß sie so etwas anstellten, wo sie doch hier, mitten auf der Straße, war?

Sie kam bei dem Haus an, unaufhörlich die Macht und Stärke Gottes beschwörend. Die Gebärende lag noch immer in Wehen, die Öffnung war gerade mal drei Finger breit. Geschwind wusch sie sich die Hände und sah nach, ob alles bereitstand: Wasser, Tücher, Sachen fürs Kind. Nach Atem ringend, setzte sie sich nieder und seufzte: »Im Namen Gottes, des Gnädigen, des Barmherzigen.« Sie bat um eine Wasserpfeife, und sie wurde ihr im Nu gerichtet. Auf dem Balkon sitzend, wartete sie die weitere Eröffnung und die Austreibung ab.

Vom Berg aus glich Nablus einem Feuerofen, die Lichter glänzten wie ausgeklopfte Körner. Dennoch, diese Finsternis, die Seufzer, die Parolen der Jungs! Husam der Gejagte, wo würde er wohl schlafen? Erst im Morgengrauen kam er zurück, mit dem Gebetsruf in der Frühe. Er trommelt an das oberste Fenster und ruft, noch hinter den Läden: »Guten Morgen, Tante!« – »Schönsten Morgen, ohne Sorgen!« antwortet sie dann immer. »Licht und Freude sei dein Tag! Nur herein, mein lieber Neffe. Herein mit dir, und nimm eine Mütze Schlaf.« Sie steht auf, er schlüpft in ihr Bett und schläft bis in den Vormittag.

Einmal hat er einen Freund mitgebracht. Ausgehungert wie streunende Kater waren die beiden. Sie verschlangen das ganze Brot und wollten mehr. Ein paar Tage später kam er mit demselben Freund, seine Brust war von einem Dumdumgeschoß zerfetzt. Der Junge starb ihr unter den Händen weg, Husam weinte im Dunkeln. Nachher stellte er sich aufs Dach und pfiff. Wie Dschinnen traten sie aus der Nacht. Sie schleppten den Toten fort und begruben ihn im Handumdrehen, ohne daß seine Mutter etwas davon wußte. Als sie ihr die Unglücksbotschaft überbrachte, schrie sie wie wahnsinnig: »Bloß mein Junge? Er ist doch auch deiner! Du hast ihn mir selber rausgezogen!«

Sie erinnerte sich genau. O ja, bei Gott. Sie war es

gewesen, die seine Nabelschnur durchtrennt, die man für die frohe Botschaft beschenkt hatte. Sie hatte ihn gehalten, als er beschnitten wurde. Und heute ist sie es gewesen, die ihm die letzte Träne trocknete. Sie gedachte seiner dunklen Augen und seines Schweißgeruchs. Gerade als er von einem heißen Bad träumte, war er gestorben. Sie aber verscharrten ihn, verschwitzt wie er war, nach Stall stinkend, mit Stroh im Haar.

Die Gebärende schrie auf. Sie eilte zu ihr. Der Kopf war zu sehen, dann verschwand er wieder. Die Frau wurde ohnmächtig. Die Wehen stockten, verebbten. Sie fürchtete, daß sie ganz aussetzen würden, und rief laut, um sie aufzuwecken: »So hilf doch deinem Kind, gute Frau! Hilf deinem Kind!«

3

Sie breitete die Matratze aus, richtete sich eine Wasserpfeife her und begann zu rauchen, daß es gluckerte. Die Sommernächte waren in Nablus eine wie die andere. Ein kühles Lüftchen trug den Geruch von Jasmin, Feuchtigkeit und Straßenabwässern heran. Der Magistrat scheute keine Mühe, daß die Märkte morgens blitzsauber wie frisch gepflückter Jasmin aussahen. Sobald es aber gegen Mittag ging und alles Leben erstarb, die Läden schlossen, Stände und Karren verschwanden und die Rufe der Verkäufer verstummten, wurde die Stadt zur Abfalldeponie. Papierfetzen, Tüten, Zellstofftücher, haufenweise matschiges Obst. Vom Krankenhaus her, die ganze Straße entlang, über die Gehsteige am Platz, um die Palmenstämme sah sie nur herumfliegendes Zeug. Wind kam auf, wirbelte das Papierzeug umher, blies Tüten auf, wehte Schaltücher und Röcke hoch und drückte alles ein, was nachgab. Und erst nachts! Du lieber Gott! Gepriesen sei der Schöpfer auf seinem Thron! Wie ein Spitzenschleier senkt sich der Nebel vom Gipfel des Ebal auf die Stadt nieder. Manchmal beschert uns Gott eine ruhige Nacht, ohne Aufruhr. Keine Anrufe, keine Zurufe, keine Ausrufe »Allahu akbar!« Keine Soldaten, die in ein Viertel, ob nah oder fern, einfallen. Bei uns in der Stadt geht das sowieso alles durcheinander mit Nah und Fern. Wir sehen die Dinge von weitem und meinen, sie wären gleich nebenan. Wenn wir aber hin wollen, merken wir, das ist ja ferner als Mekka. Allmächtiger Gott! Alle Länder der Welt hat sie bereist, Damaskus und Beirut, Kuweit und Mekka. Doch so etwas wie diese Stadt hat sie nicht wieder gesehen. Von unten, aus dem Kessel, sieht man sie ganz, von allen Ecken und Enden. Von der Mitte aus betrachtet, sitzen die Leute rings herum, wie auf Theaterrängen. Und die Gipfel reichen hinauf bis zum Schöpfer! Der Berg, der steigt dir Stufe um Stufe aufwärts, und genauso die Menschen, Schicht um Schicht. Sie wohnt freilich im unteren Viertel, in einer Gasse am Torplatz Bab as-Saha.

Hier auf ihrer Dachterrasse, versteckt zwischen den Kuppeln, dem Ofenrohr vom Backofen und den Oberlichtern der Bäder, steht sie trotzdem wie auf einem Minarett und kann ungehindert bei den Nachbarn reinschauen. Da ist Umm Sadek, die Brot- und Zwiebackverkäuferin. Die bäckt schon seit Nachmittag. Und dort ist Umm Hamdallah. Die wickelt an ihren Krautrouladen und füllt Zucchini. Ihre Kinder sind bei ihr und spielen Karten. Da ist Umm Mohammed. Eben breitet sie ein sauberes Laken über die Matratzen des Holzbettes. Wer wird wohl die Jungs diese Nacht beherbergen? Aber nehmen denn die Leute überhaupt noch jemanden gastlich auf? Unser Viertel ist übel dran, schlimmer geht's gar nicht. Kein Tag ohne Probleme. Die Soldaten fallen in Bab as-Saha ein und lassen keinen Passanten ungeschoren. Prügel, Gebrüll, Faustschläge. »Her mit Farbe! Her mit Pinsel! Weg Barrikade! Runter Fahne!« Von hier oben konnte sie alles sehen. »Es gibt keine Macht noch Stärke außer bei Gott dem Allmächtigen!« murmelte sie. »Gott bewahre!« Sie hörte ihr Herz klopfen und flüsterte inbrünstig: »Gott schütze uns. Beschirme uns, Allwissender, Ewiger!« Unten in der Gasse ertönte ein Pfiff, und sofort hallten die Berge von anderen Pfiffen wider. Schüsse ballerten los, Scheinwerfer kreisten, Dumdumfunken blitzten auf. Der Berg war wie von Flutlicht übergossen. Da nahm sie ihre Wasserpfeife, schirmte den Glutschein mit der Hand ab und machte sich still und leise davon.

4

Mittags kam Samar, die Tochter Umm Sadeks, der Brot- und Zwiebackverkäuferin. Sie brachte ein Kilo Makronenfinger und eine Tüte Sesamkuchen mit. Frau Sakija mochte Samar sehr und hätte sie gern als Braut für ihren Neffen Husam gehabt. Hübsch war sie und sympathisch, eine Absolventin der Nadschah-Universität. Und Angestellte mit Gehalt in Schekeln! Wenn sich die Umstände erst mal änderten und Gott die Gemüter besänftigte, dann könnte es doch durchaus sein … Geb's Gott! Obwohl, sie hatte da so ihre Zweifel, denn Umm Husam und Abu Husam würden über eine Bäckerstochter vielleicht nicht gerade erbaut sein.

Samar zog einen Stapel Papier aus ihrer Tasche. »Tante Sakija«, sagte sie, »ich habe hier einen Fragebogen. Hilfst du mir, ihn auszufüllen?«

Sie setzten sich in den Vorhof neben den Jasminstrauch, wo Husam noch vor einer Stunde seinen Kaffee getrunken hatte, und nahmen sich den Fragebogen vor.

»Alter? Verheiratet? Geschieden? Verwitwet?« – »Nicht gebunden, nicht geschieden.« – »Also was dann?« – »Möge Gott ihm vergeben.« – »Und seit wann?« – »Seit zwanzig Jahren.« – »Hast du inzwischen noch einmal geheiratet?« – »Nein.« – »Warum nicht?« – »Ich hatte ja meine Mädchen zu versorgen.« – »Ist er für euch aufgekommen?« – »Wir haben ihn bei Gericht verklagt. Die verknackten ihn zu fünfundzwanzig Dinar monatlich. Aber na ja … Gott verzeihe ihm … Wir also wieder zum Rechtsanwalt, und der sagt uns doch: ›Gebt Ruhe. Besser, als daß er dir auch noch die Mädchen wegnimmt.‹ Mein Bruder Abu Assam hat uns ein bißchen unterstützt. Nachher habe ich Hebamme gelernt und angefangen zu arbeiten. Erst ging ich zusammen mit Umm Achmed die Wohnungen abklappern. Dann haben sie mich im Krankenhaus angenommen, dort hab ich auch mein Zeugnis gemacht.« – »Und deine Mädchen? Hast du sie allein daheim gelassen? Wer hat gekocht? Wer ging auf den Markt einkaufen? Wer hat gefegt und gewischt?« – »Na ich, ich, ich!« – »Und der Abwasch?« – »Die Mädchen. Bloß ein paarmal war's so, daß ich frühmorgens heimkam und einen Berg Abwasch vorfand. Da habe ich mich halt dran gemacht und was zu essen gekocht. Danach habe ich mich hingesetzt und auf die Mädchen gewartet, bis sie aus der Schule kamen.« – »Warst du nicht erschöpft? Nicht ärgerlich? Oder nervös? Hast du herumgeschrien?« – »Ts ts ts … warst du ärgerlich und nervös, hast du geschrien? Bewahr mich Gott, mein Lebtag habe ich die Stimme nicht erhoben, eine Schande wäre das.« – »Aber wie hast du dir dann Luft verschafft?« – »Ich stopf mir eine Wasserpfeife, setz mich ganz alleine für mich hin und beguck mir so die Welt. Die Berge und Täler und die Menschen da unten und die Autos, wie sie oben den Berg langfahren, wie aufgefädelt. Nachts, wenn die Leute schlafen gegangen sind, sitze ich noch auf der Dachterrasse über der Stiege. Ich schau hinauf zu den Sternen und zum Mond, schnuppere den Jasmin und das Basilienkraut, und ich preise Gott in seiner Gnade.«

Sie sahen einander voll Zuneigung an.

»Gott mache dich glücklich, wie hübsch du bist!« murmelte Frau Sakija wohlgefällig. »Möge der dein Schicksal werden, den ich für dich im Sinn habe!«

Das Mädchen lief rot an und erwiderte nichts.

Frau Sakija registrierte ihr glühendes Gesicht und war sicher, daß ihr solche Worte gefielen. So fuhr sie fort: »Mein Bruder hat zwei Söhne, und alle beide sind sie reif fürs Heiraten.« Samar schwieg, und Frau Sakija redete weiter: »Der eine ist Doktor und macht seinen Facharzt in Amerika. Der andere, das ist ganz wundervoll, der wird jetzt bald fertig mit dem Studium. Aus dem wird bestimmt mal was Ordentliches!«

»Meinst du Husam?«

»Ja, Husam. Kennst du ihn?«

Samar wandte das Gesicht ab und stotterte: »Also, ich hab von ihm gehört.«

»Und kennst du ihn selber?«

Samar schüttelte den Kopf.

Frau Sakija bekam Herzklopfen. »Was hast du von ihm gehört?«

»Gott gebe ihm Kraft und den anderen auch«, rief Samar begeistert. »Wen haben wir denn sonst, als sie? Bloß, ich denk mir, es wird bald eine Razzia geben. Paß ja gut auf, das Viertel ist nicht sicher.«

Sie schaute über den Dachrand hinunter in Sakinas Hof. Die Jalousie war noch geschlossen. »Ja, eine Razzia, bald schon«, wiederholte sie. »Wir müssen uns vorsehen.«

»Ich bin bereit. Wir haben nichts zu befürchten.«

Samar sah sie verschmitzt an, aber ihr Herz klopfte. »Gott schütze uns! Ach ja … bleiben wir besser bei unserem Fragebogen.«

»Sind wir mit der Befragung fertig? Dann mach ich einen Kaffee.«

»Nein!« rief Samar lachend. »Wohin willst du dich verdrücken? Warte, beantworte das hier: Welche Veränderungen brachte die Intifada für die Frau?«

Frau Sakija überlegte einen Moment. »Willst du die Wahrheit?« flüsterte sie.

»Und nichts als die Wahrheit.«

»Mal ganz offen. Nichts hat sich für sie verändert, nur die Sorgen. Ihre Sorgen haben sich vermehrt, das Herz möcht ihr brechen. Da kannst du getrost sagen: Gott stehe den Frauen bei.«

»Aber Tante Sakija«, protestierte Samar, »was redest du zusammen? Was ist das für ein Pessimismus?«

»Was soll ich denn sonst sagen? Jetzt schmeißt sie mit Steinen, sie hilft den Kindern aus der Patsche, sie versteckt die jungen Männer, sie demonstriert? Soweit klar, aber ihre eigenen Probleme sind viel, viel größer geworden. Die alten sind geblieben, wie sie waren, und die neuen kannst du gar nicht mehr zählen. Schwangerschaft. Geburt. Wochenbett. Stillen und waschen, kehren und wischen, kochen und braten. Der Ärger mit den Männern. Die Sorge um die Kinder und die Sorge um die Burschen, die bei Sonnenglut und Eiseskälte zwischen Felsen und Geröll, zwischen Dornensteppe und Bergschakalen irgendwo umherirren. Du sorgst dich um die Nahen und die Fernen, um die Kleinen und die Großen und die Bettlägrigen. Wenn du ihn im Arm hältst, hast du Angst, sie holen ihn, und wenn sie ihn geholt haben, hast du Angst, du kriegst ihn nie wieder. Von Stund an, sobald er im Gefängnis landet, und bis er wieder raus ist, suchst du ihn von einem Gericht zum andern, von einer Tür zur andern. Landet er aber nicht im Gefängnis, dann folgst du ihm von einer Höhle zur andern, von einer Gasse zur andern. Und hast du ihn endlich gefunden, dann machst du dich mit ihm zusammen kaputt. Findest du ihn aber nicht, machst du dich seinetwegen kaputt. Das ist unser Leben – eine Schinderei nach der andern, eine Qual nach der andern. Also sag ruhig: Gott steh den Frauen bei!«

»Aber Tante Sakija«, wandte Samar ein, »anscheinend hast du die Sorgen der Jungs vergessen!«

»Meine Kleine, unsere Sorgen und ihre Sorgen dazu haben wir aufgeladen, wir schaffen's kaum noch.«

»Nun bleib mal auf dem Teppich, Tante Sakija!«

»Was denn, Töchterchen, meine Worte gefallen dir wohl nicht?«

»So war's nicht gemeint. Schon gut, sag nur, was du sagen möchtest.«

»Frag du mich, und ich antworte.«

Samar schaute in ihre Formulare, dann fragte sie langsam: »Du, du als Frau, als Hebamme und Mutter. Wie hat sich die Intifada auf dich ausgewirkt? Denk mal nach.«

Frau Sakija überlegte. Sie dachte an Husam und an

ihre Töchter, die in Kuweit, Saudiarabien und Amman verheiratet waren. Seitdem diese Intifada ausgebrochen war, hatte sie nichts mehr von ihnen gehört. Vielleicht würde sie auch nichts von ihnen hören, bis damit wieder Schluß war. Aber würde die Intifada überhaupt je ein Ende haben? Würden all diese Angst, die Unruhe, das Blutvergießen jemals aufhören? Sie dachte an die Dunkelheit, wo ihr immer so vor Teufeln und Dschinnen grauste. Dachte an nächtliche Hausbesuche, einsame Straßen und die Übergriffe der Armee. Was sie am allermeisten fürchtete, war die Nacht. Die Nacht und die Finsternis und die Razzien, diese plötzlichen Auseinandersetzungen und die zufällig Verwundeten. Und noch schlimmer als all das war die Angst, die sie dabei fühlte und nicht zu zeigen wagte. Es kam schon mal vor, daß sie irgendwo reinschlitterte und plötzlich mitten im Schlammassel steckte, wo es keine Möglichkeit mehr gab, sich zu verkriechen oder zu entwischen. Dann wurde ihre einfache Ausrüstung zum Chirurgenbesteck umfunktioniert. Den einen nähte sie, dem anderen renkte sie die Knochen ein. Hier entfernte sie eine Kugel, dort verabreichte sie eine Spritze. Denn sie war Krankenschwester und Hebamme, Freudenbotin und Warnerin, Taube und Eule. Sie ging von Haus zu Haus, um eine Freudenkunde oder eine Unglücksbotschaft zu überbringen: Deinen Sohn hat's erwischt, Frau. Dein Sohn ist gefallen, Frau. Hilf deinem Kind, Frau. Gib mir den Lohn für die gute Botschaft, Abu Soundso.

»Wie bitte, Tante Sakija, was hast du gesagt?«

»Was ist?«

»Welche Auswirkung hatte die Intifada auf dich als Frau, als Hebamme und Mutter?«

»Meine Sorgen sind mehr geworden, das Herz will

mir brechen. Sachen hab ich mitangesehen, nicht mal im Traum wäre mir so was eingefallen.«

»Genauer, Tante, sag's genauer.«

»Was soll ich da noch sagen, Töchterchen? Dinge gibt's, die lassen sich weder genau bestimmen noch aussprechen.«

»Na gut, dann erzähle mir von deiner Arbeit. Wurde deine Arbeit von der Intifada beeinflußt?«

»Lassen wir das lieber. Gott weiß am besten, wie es uns geht. So ist halt der Krieg! Dies und das wird anders, bloß nicht zum Besseren.«

Samar unterbrach sie: »Nein, Tante, nicht unbedingt!«

»Jetzt hör mir mal zu ...« Sie dämpfte die Stimme, rückte näher und lugte hinunter zu Sakinas Wohnung mit den geschlossenen Fenstern und Jalousien. »Du siehst doch die Wohnung da?«

»Meinst du die von Sakina?«

»Pst, sprich leise!«

»Was soll damit sein?« flüsterte Samar.

»Weißt du, was da drin vor sich geht?«

»Weiß ich.«

»Und weißt du auch, warum?«

»Da bin ich mir nicht so sicher. In der wissenschaftlichen Forschung muß man exakt entscheiden und überprüfen.«

»Ach so, die wissenschaftliche Forschung! Was denn für eine wissenschaftliche Forschung? Wie sollen wir hier entscheiden und sichergehen? Alles, was wir können, ist vermuten, weiter nichts.«

»Und wie kann man gewiß sein?«

»Du liebes bißchen! Was bei ihr drin war an Entscheiden und Überprüfen, das ist alles gelaufen, und damit basta.«

»Es heißt, Sakinas Sohn sei bei den jungen Leuten.«

»Ja, so sagt man.«

»Manche sagen, Nasha sei schuldlos und zu Unrecht verdächtigt, und es sei eine Schande, daß man ihr so was angetan hat.«

»Das sagt man.«

»Es heißt aber auch, daß sie eine Spionin sei, eine richtige Schlampe, und sie komme ganz nach ihrer Mutter.«

»Ja, so heißt es.«

»Wie können wir da entscheiden und ganz sichergehen?«

»Meine Kleine, wie ich dir schon gesagt habe: Alles, was wir können, ist vermuten, und das war's.«

»Aber in der wissenschaftlichen Forschung …«

»Wissenschaftlich oder nicht wissenschaftlich, wer kann sich denn heutzutage mit wissenschaftlicher Forschung befassen? Unsereins hat genug zu tun, daß er bei Dunkelheit seinen Weg findet. Bei Gott, wenn ich laufe, streck ich die Hände nach vorn wie eine Blinde. Vielleicht geht's mit der Welt zu Ende, und der Jüngste Tag ist nahe. An dem Tag kennt man den eigenen Bruder nicht mehr, nicht die Freundin und nicht mal seine Kinder.«

»Was redest du da, Tante?«

»Brüder, von ein und derselben Mutter, aus demselben Bauch gekrochen – aber der eine ist ein Vermummter und der andere ein Kollaborateur. Wie kommt das, na, erklär's mir!«

»Ja, wie kommt es?«

»Weil die Welt am Ende ist. Der Jüngste Tag ist heran.«

»Tante Sakija, was soll das?«

»Hör mir nur mal zu. Hast du nicht gehört, was sie

reden? Daß vielleicht Sakinas Sohn die eigene Mutter umgebracht hat?«

»Tante Sakija, du sagst ja selber – sie reden.«

»Weiß Gott, so redet man.«

»Schön, und Nasha?«

»Was ist mit der Nasha?«

»Wie sollen wir uns vergewissern, ob sie unschuldig ist oder nicht?«

»Was liegt schon in unserer Hand, Töchterchen?«

»Es muß aber!«

»Und was heißt das?«

»Wenn sie unschuldig ist, reichen wir ihr die Hand und stehen ihr bei.«

Frau Sakija versank in Schweigen. Ihr Gesicht drückte Furcht aus. »Töchterchen, alles, bloß das nicht!«

»Aber Tante Sakija, hast du sie nicht selber auf die Welt gebracht?«

»Mit diesen Händen.«

»Also bist du doch wie ihre eigene Mutter.«

»Es gibt keine Macht noch …«

»Nimm mal an, sie würde zu Unrecht verdächtigt.«

»Und wenn es so wäre?«

»Müssen wir ihr helfen, Hadscha!«

»Wie sollen wir ihr denn helfen? Man kann sich ja nicht mal selber helfen.«

Samar wandte sich ab. »Und dich nennen sie unser aller Mutter!« murmelte sie.

Frau Sakija sprang auf, um sich zu verteidigen. »Was kann ich dazu tun, sag schon! Und du mitsamt deinem Verband, was liegt in eurer Hand, das erklärt mir mal!«

»Ich? Ich suche sie einfach auf, ich werde sie interviewen und mit ihr den Fragebogen ausfüllen.«

»Nein, nein!« schrie Frau Sakija in Panik. »Vorsicht, sei nicht so unvernünftig!«

Samar raffte ihre Papiere zusammen, küßte Frau Sakija und flüsterte: »Wie sehr du dich auch fürchtest, was du auch immer sagst – trotzdem bleibst du unser aller Mutter.«

5

Es war das erstemal, daß sie den Mund auftat und soviel redete. Bekanntlich war Frau Sakija kein Schandmaul und keine Plappertasche. Sie tratschte keine Intimitäten herum. Wenn sich die Frauen bei Wasserpfeife und Kaffee zusammenfanden, über ihre Ehemänner lästerten und anderer Leute guten Ruf in den Schmutz zogen, hüllte sich Frau Sakija in Schweigen und rührte sich nicht. Sie wußte nur zu genau, daß die Frauen ihren Standpunkt schätzten und ihre Loyalität honorierten. Indem sie das Geheimnis der einen und das Ansehen des andern wahrte, hütete sie zugleich ihrer aller Geheimnisse. Über das, was sie in den Wohnungen zu sehen bekam, breitete sie den Schleier des Stillschweigens. Denn trotz der scherzhaften Attacken, die sie bei ihren Zusammenkünften gegen Frau Sakija starteten, weil sie sich nicht an Klatsch, Unterstellung und Ehrabschneiderei beteiligte, war sie sich stets darüber im klaren, daß ein einziger Ausrutscher, ein einziger falscher Zungenschlag, ihrem Beruf als Hebamme und ihrem Ansehen als Stütze des Viertels und ihrer aller Mutter den Garaus machen konnte.

Sie beobachtete sie, wie sie die gluckernde Wasserpfeife rauchten und lärmend durcheinanderredeten. Wehmütig lächelnd schüttelte sie den Kopf. Wie gern würde sie da mithalten! Einmal den Schnabel auftun und nicht wieder zumachen! Einfach drauflos reden.

Mitschreien. Dampf ablassen! Ihren Mann verfluchen, ihr Pech verfluchen, die Nacht verfluchen, samt allen Dschinnen und Teufeln!

Doch sie tat nichts dergleichen, das war sie nicht gewohnt. Besser gesagt, sie wollte sich gar nicht erst an diesen Luxus gewöhnen und fand sich mit ihrem Los als stille Zuhörerin ab.

Umm Sadek, die Brot- und Zwiebackverkäuferin, stichelte: »Du lieber Gott, wie ich dir sage, Sitt Sakija, dein Lebtag hast du uns nie dein Herz ausgeschüttet und deine Geheimnisse anvertraut. Bloß wir haben dir alles offenbart! Wir hüten dich wie unseren Augapfel!«

Die beiden anderen Nachbarinnen, Umm Hamdallah und Umm Mohammed, brachen in lautes Gelächter aus, während sie das Mundstück der Wasserpfeife tauschten.

Umm Mohammed, die für ihre Lästerzunge berühmt war, fragte: »Aber wäre denn das vernünftig, daß eine kluge Frau wie Sitt Sakija vor den zwei schlimmsten Giftspritzen im Viertel herumquatscht und tratscht?«

Umm Hamdallah kreischte und schlug sich auf die Brust. »Was? Na, dann seht euch doch um, wer hier klatscht. Nach dem, was mit Sakina passiert ist, darfst du überhaupt nichts mehr von dir geben, nicht mal ein halbes Wort.«

Umm Mohammed lächelte zu dieser Beschuldigung, die sie als Auszeichnung und Bestätigung ihrer Fähigkeiten aufnahm. »Was hätte ich wohl mit Sakina zu schaffen?«

»Wer hat sie denn auffliegen lassen und ihre Ermordung verursacht?«

Jetzt war es kein Spaß mehr. Das Lachen verschwand aus Umm Mohammeds Gesicht.

»Ach, was geht mich das an? Habt ihr nicht dauernd

gesagt: eine Kollaborateurin, eine Schlampe, die aus ihrem Haus ein Judenbordell macht? Hast du das etwa nicht ausposaunt, Umm Sadek?«

»Ich?« schrie Umm Sadek auf. »Sitt Sakija, hat sie gesagt – ich? Rede, rede, beim Leben des Propheten, sag es!«

Frau Sakija antwortete nichts, lächelte nur: Ja.

Aber Umm Hamdallah bestätigte es, ebenso Umm Mohammed, alle, außer Samar. Die stellte ihnen die seltsame Frage: »Wie können wir das exakt entscheiden und sichergehen?«

»Gut, schon gut«, sagte sie ruhig. »Schluß mit dieser Geschichte, zuviel Gift ist ungesund. Nimm das Mundstück, na, nimm schon.« Sie bot ihr das zurechtgebogene Schlauchende an. Umm Hamdallah nahm es und zog daran, daß die Glut knisterte. Darauf reichte sie es an Umm Sadek weiter.

Nach ein paar Minuten flüsterte Umm Mohammed: »Wißt ihr, was die Jungs mit der Nasha gemacht haben?«

Frau Sakija blieb stumm. Umm Sadek und Umm Hamdallah rissen die Augen auf.

»Über die Dächer kamen sie runtergesprungen. Sie wurde sie erst gewahr, als sie schon mitten im Hof waren. ›Jetzt paß mal auf, Nasha‹, sagten sie. ›Wenn du mit uns Hand in Hand gehst, verzeihen wir dir, und Gott vergebe dir, was gewesen ist. Wenn du aber so weitermachst wie deine Mutter, wird es dir genauso wie ihr ergehen.‹«

»Ach was«, feuerte Umm Sadek sie an, »und dann?«

»Was schon, konnte sie etwa nein sagen?«

Umm Sadek meinte im Tonfall einer Sachverständigen: »Sie sagt ja und tut nein.«

»Was soll denn das heißen?«

»Das heißt, der Schwanz des Hundes bleibt krumm, und wenn man ihn in hundert Formen preßt.«

Bekümmert sagte Umm Hamdallah: »Aber meine Liebe, das schickt sich nicht!«

»Was heißt hier, sich schicken oder sich nicht schikken. Schütt den Krug aus – rutscht die Tochter wie die Mutter raus. Treibt der Dorn etwa Rosen?«

Bedächtig warf Frau Sakija ein: »Wer weiß!«

»Also, Sitt Sakija!» legte Umm Sadek los. »Kann es sein, daß ein junges hübsches Mädchen, einmal an Schamlosigkeit gewöhnt, nachher noch sauber bleibt?«

Keine antwortete, nur die Wasserpfeife gluckerte.

Nach einem Weilchen fragte Frau Sakija gelassen: »Schön, Umm Mohammed, jetzt sag mir doch mal: Wo hast du das gehört, und wieso weißt du das alles und bist dir so sicher?«

Herablassend erwiderte Umm Mohammed: »Morgen werdet ihr's hören und euch überzeugen. Dann sagt ihr: Ja, Umm Mohammed, die hat's gleich gewußt.«

6

Tags darauf konnte sich Frau Sakija davon überzeugen. Frühmorgens schleppte sie sich von einer schweren Geburt nach Hause. In der Gasse war es noch ruhig. Ein paar Händler leerten ihre Kisten und bauten Obst und Gemüse zu kleinen Pyramiden auf. Die Kichererbsen- und Ackerbohnenverkäufer waren noch beim Kochen. Mitten in der Gasse, an Sakinas Haus, ging ein Fenster auf. Nasha lugte heraus, den Kopf ganz ungewohnt mit einem Schaltuch verhüllt. Sie schaute sich nach rechts und links um und flüsterte: »Sitt Sakija, kann ich mal mit dir reden?«

Regungslos blieb sie unter dem Fenster stehen, erschöpft, schwindlig, hundeelend. Außerstande, sich noch mehr aufzubürden. Und dieses Haus brachte nur Probleme. Darauf konnte sie gut verzichten.

Aber Nasha legte in hysterischem Tonfall los: »Um Gottes willen, Hadscha, ich beschwöre dich, hilf mir!«

Ihr helfen? Die war doch ein ganz anderes Kaliber als die kleine Samar mit ihren naiven Ideen und Wünschen! Schlimme Zeiten waren das, da mußte sich ein jeder schon selber helfen!

»Sitt Sakija, ich küss dir die Hände!«

Sie lehnte sich an die Wand, rückte ihren Umhang zurecht und strich sich über das Gesicht. »Es gibt keine Macht noch Stärke außer bei Gott«, seufzte sie. »Bewahre mich!«

Mitfühlend hob Nasha den Kopf. »Komm ein bißchen rauf«, bat sie, »ich muß dir was erzählen.«

Alles, bloß das nicht. Soll doch der Teufel, der Bringer von Schande und Unheil, da hineingehen! Nein, bei Gott, und wenn sie ihr die ganze Welt in die Rechte und die Sonne in die Linke legten!

»Tante Sakija …«

»Ich bin nicht deine Tante, weder mütterlicher- noch väterlicherseits … Ich komme nicht rauf, ich komm einfach nicht.«

»Beim Leben des Propheten, komm.«

Nun wurde sie ärgerlich.

»Meine Liebe, sag, was du zu sagen hast, und dann laß mich gehen. Die ganze Nacht habe ich kein Auge zugetan.« Sie hob den Kopf und blickte in zwei Augen, so unbeschreiblich, daß sie nur noch staunend ausrufen konnte: »Gepriesen sei Gott auf seinem Thron! Strahlend, prächtig und rein ist dein Angesicht, du Allerbarmer!«

Rasch rief Nasha dazwischen: »Warte, ich komme runter!«

Wenige Augenblicke später hörte sie die Eisentür quietschen und Füße die Stufen heruntertrappeln. Dann stand sie vor ihr, stolz aufgerichtet, milchweiß ihr Teint. Woher hatte sie bloß dieses reine Weiß? Diese blauen Augen! Die Stimme, und diesen Klang. Kein Wunder, daß sie die Laute spielte!

»Kommst du wirklich nicht hoch?« bettelte sie.

Sie schüttelte entschieden den Kopf. »Ich komme nicht.«

Enttäuscht senkte Nasha den Kopf.

Frau Sakija wollte das Herz brechen, beinahe wäre sie weich geworden. Aber plötzlich sah sie verblüfft, daß sich Nashas Züge verzerrten und ihr Gesicht wie eine Gipsmaske erstarrte. »Husam«, stammelte sie mit rauher Stimme.

Weiter nichts.

»Was ist mit Husam?«

Sie antwortete nicht, wiederholte nur in einem fort: »Husam, Husam.«

Frau Sakija bekam es mit der Angst zu tun. »Was ist los mit Husam?«

Keine Antwort.

Sie faßte Nasha beim Ärmel, zerrte sie hin und her. »Was gibt's mit Husam? Rede, rede.«

Nasha sagte nichts, starrte sie nur mit erhobenen Augenbrauen und dreistem Blick an.

Frau Sakija war am Zusammenbrechen. Hatten sie ihn aufgestöbert? Hatten sie ihn erwischt? Wer hatte ihn denunziert? Wär's möglich, trotz allem, was dir und deiner Mutter widerfahren ist?

Sie packte Nasha und schüttelte sie. »Rede, rede doch!«

Nasha wich zurück, wobei sie immer wieder sagte: »Er, er, nur er als einziger.« Sie ging noch ein paar Schritte rückwärts und verschwand im dunklen Treppenaufgang. Unbewußt, willenlos vergaß Frau Sakija alle Vorsicht und folgte ihr. Mit zitternden Knien erklomm sie die enge, düstere Wendeltreppe. Als sie die letzte Stufe erreicht hatte, wurde sie von Nasha gepackt und hineingezogen. Hinter ihr verschloß sie die Tür. Sie führte sie an der Hand weiter in das Zimmer hinein, bis zu den vergitterten Luken, und drückte sie auf das Samtkanapee. Frau Sakija lehnte den Kopf an die Sofawand und seufzte.

Benommen hörte sie Nasha sagen: »Sitt Sakija, verzeih mir, ich habe dich angeschwindelt.«

Sie drehte sich um. Wieder war sie überrascht, wie schnell sich Nashas Gesichtsausdruck verwandelt hatte. Tränen strömten wie ein Regenguß darüber. Sie schluchzte verzweifelt. »Ich habe das bloß gesagt, damit du mitkommst.«

Frau Sakija verschlug es die Sprache. Erschrocken, angewidert wandte sie das Gesicht ab.

Plötzlich hörte sie Nasha aufschreien: »Sieh dir das an, sieh her!«

Sie zog das Schaltuch weg und enthüllte ihre Gesichtshälfte, dann das Knie. Dabei rief sie immerzu: »Sieh, sieh doch!« Sie bemerkte rote, blaue, schwarze Male. Ihr stockte der Atem, und sie rief Gottes Hilfe an. Augenblicklich glitt Nasha vom Kanapee auf den Boden. Ihre Beine wurden steif, sie gab seltsame Schreie von sich. Nicht einmal eine Verstoßene brachte solche Laute hervor, auch keine Witwe, keine Mutter eines Märtyrers.

Spontan beugte sie sich zu ihr nieder und sagte: »Steh doch auf, Töchterchen, Gott ist groß.«

Bewohner eines zweifelhaften Hauses

7

Als Nasha hinausging, um Tee zu kochen, ließ Frau Sakija ihre Augen überall im Raum umherschweifen. Es war das erstemal seit mehr als zwanzig Jahren, daß sie Sakinas Haus betrat. Vielleicht seit Nasha geboren wurde. Sakina war damals noch eine ordentliche, wohlbeleumdete Frau gewesen …

Ein altes Haus. Seine Geschichte ging bis vor das Erdbeben von siebenundzwanzig zurück. Einstmals hatte es einer alteingesessenen Familie gehört, die in der Seifen- und Waschmittelbranche einen Namen besaß. Als die wohlhabenden Familien die Altstadt verließen und in die Umgebung und die Berge zogen, verwahrloste das Haus. Die Wände wurden rissig, das Holz platzte von den Fenstern.

Später erwarb es ein Mann aus unbekannter Familie, einer, der am Golf gearbeitet hatte. Er riß einige Wände ab, stutzte die Mohnstaude, isolierte das Dach mit einem wasserdichten Anstrich und brachte Markisen für das Sonnenbad an.

Wie gewöhnlich empfing das Viertel die neuen Nachbarn erst einmal mit neugierigen Fragen und Klatschgeschichten. Der Mann war ja alt, und die Frau war jung. Er war kränklich und sie gut in Schuß, hübsch, geschickt und blauäugig. Weiter kam man aber nicht, es gab keinen frischen Stoff. Die Frau war anständig, schüchtern und zurückhaltend. Sie besuchte niemanden und wurde von niemandem besucht. Die Kinder waren wie alle Kinder im Viertel, abgesehen von ihren blauen Augen und den blonden Haaren.

Das Haus wurde ein wahres Paradies an Ordnung und Sauberkeit. Den ganzen Tag machte sich die Hausfrau an den hohen Fenstern zu schaffen, die bis zur Decke reichten. Sie rubbelte und polierte die Scheiben, bis sie wie Diamant glänzten. Eine Steintreppe führte hinter das Haus, in das versteckte Gärtchen, das nur von den obersten Fenstern aus zu sehen war. Die Stufen strahlten weiß wie frisch gewaschener Kattun. Die pausbäckigen Kinder strotzten vor blühender Gesundheit.

Der Mann war ein Endfünfziger, während seine Frau erst in den Zwanzigern stand. Als er starb und begraben wurde, war sie noch jung und schön, und ihre Töchter wuchsen heran wie die Hälften des Mondes.

Man konnte zusehen, wie das Haus verfiel. Im Gärtchen schossen die wilden Triebe, das Unkraut nahm überhand, die Markisen brachen ein. Die Mutter ließ das Kehren, Wischen und Fensterputzen sein. Statt dessen verlegte sie sich aufs Nähen und Sticken. Später kam das Lautenspiel dazu. Seltsame Stimmen und Dialekte, unbekannte Parfüms und fremde Gesichter hielten Einzug. Nun ging das Geschrei los: »Wehe, Gott ist groß, ihr Leute! So wird es wohl mit Nablus enden? So was soll aus unseren Töchtern werden? Unser Viertel, und unser Platz, und der Ruf unserer Gasse! Bei Gott, laßt uns was unternehmen! Ordnung schaffen! Die Blutschande ausspucken!«

Aber keiner unternahm wirklich etwas oder schaffte Ordnung. Die fremden Gesichter lagen ja auf der Lauer. Es gab genug Spione, Spitzel und gespitzte Ohren. Auch Dollars und Schekel.

Das Haus bekam wieder Glanz. Die Scheiben blitzten, die Treppe strahlte. Freilich, die Seife roch jetzt anders, die Markisen waren doppelt dicht, und es wurden mehr Laken aufgehängt. In den Zweigen hingen Lampen und Lautsprecher, aus denen europäische Schlager dröhnten.

Nach und nach verebbten die Kommentare. Nicht etwa, daß sich Haus und Gewerbe verändert hätten. Es war nur nicht mehr das einzige seiner Art in der Stadt und am Platze. Das ganze Land war randvoll mit Parfümdüften aller Art angefüllt, außer dem heimischen Moschus. Alle Quellen sprudelten, außer den natürlichen. Eine seltsame Erstarrung befiel die Menschen.

Dann kam die Intifada – und aus war's mit der Schläfrigkeit! Die Angst rieselte sachte zu Boden wie Blätter im Herbst. Berge, Weingärten, Flußtäler fingen Feuer. Die Leute gingen auf die Straße. Das Haschisch hatte keinen Markt mehr. Die Spitzel verkrochen sich, aber die Messer der Jungs kriegten sie doch zu fassen. Dieser gepflasterte Platz, mit Namen Bab as-Saha, wurde zu einem Schlachthof, wo die Kollaborateure wie Hammel auf die Haken gespießt wurden. Man nannte ihn auch den roten Platz. Hier, auf den Stufen der Moschee, genau in der Mitte, wurde Sakina mit einem Messer in der Brust aufgefunden.

Nasha kam mit dem Teetablett zurück. Aus Gewohnheit stockte sie vor dem Spiegel der alten Frisiertoilette, die mit Perlmutt und Holzgravuren ausgelegt war. Vor dem Hintergrund aus Samt, Perlmutt und Kristall hob sie sich wie eine Marmorstatue ab. Unbewußt murmelte Frau Sakija ein »Gepriesen sei der Schöpfer auf seinem Thron!« Unverständliche Worte stammelnd, trat Nasha zu ihr. Nachdem sie das Tablett auf dem Tisch abgestellt hatte, ließ sie sich wieder auf dem Boden, zu Füßen Frau Sakijas, nieder und drückte deren Beine an ihre Brust.

»Laß mich ihn doch sehen«, rief sie bittend, »um Gottes willen, laß mich ihn sehen.«

8

Als sie nach Hause kam, fand sie Husam in ihrem Bett. Sie ließ ihn liegen und schlief auf der Matratze bis in den Vormittag. Sie erwachte vom Kaffeeduft und schlug die Augen auf. Da saß er neben dem Jasminstrauch, der ihn vor den Blicken der Nachbarn verbarg. Sie betrachtete ihn und versuchte, einen Entschluß zu fassen. Er sah eigentlich viel jünger aus, als er war. Dem Anschein nach hätte er noch in der Pubertät sein können, obwohl er die längst hinter sich hatte.

Er drehte sich zu ihr um und merkte, daß sie ihn beobachtete. Er lächelte zärtlich, und ihr Herz schmolz dahin. Wär's denn möglich, daß er einer von denen war? fragte sie sich. Dieses weiche Gesicht, wie bei einem Mädchen. Die verschleierten Augen, die leise Stimme. Könnte es wahr sein, was man sich erzählte? Er war doch ein so gläubiger und gottesfürchtiger Mensch! Dem tat es ja leid, eine Ameise zu zertreten! Könnte es wirklich sein?

Er hob die Kanne. »Kaffee?« fragte er.

Der Geruch von Kaffee und Kardamom vermischte sich mit dem Duft des Jasmins. Ein Anflug von Traurigkeit befiel sie. Zwei kleine Tränen sprangen ihr in die Augen. Sie verrieb sie mit den Handflächen. »Ach du lieber Gott!«

»Junge oder Mädchen?« fragte er lächelnd.

»Mädchen«, brummelte sie zerstreut.

Er neckte sie: »Da ist dir der Freudenlohn entgangen.«

»Ein Mädchen, eben ein Mädchen. Was soll ich machen?«

»Aber Tante, Tante!« Er lachte kurz auf. »Du tust ja geradeso, als ob ein Mädchen ein Unglück wäre!«

Gleichmütig nickte sie und schlürfte schweigend ihren Kaffee.

Er wollte sie provozieren. »Wenn ich mal heirate, möchte ich nichts als Mädchen haben!«

»In unserer Familie kriegen sie nur Jungs.«

Wieder lachte er. »Und du?«

»Ich? Na ja, und deswegen hat er halt nochmals geheiratet. Töchter im Haus – gehn die Sorgen nicht aus.«

Sie sah Nashas Gesicht vor sich, gezeichnet von Schmach und Angst, und wiederholte noch einmal: »Töchter im Haus – gehn die Sorgen nicht aus.«

Er musterte sie stumm, fragte dann beunruhigt: »Was hast du? Ich seh doch, daß du nicht richtig beieinander bist. Hoffentlich nichts Schlimmes?«

Zum erstenmal sah sie ihm direkt in die Augen. »Es handelt sich um Nasha, Sakinas Tochter.«

Er wandte das Gesicht ab, seine Augen blinzelten. Aber er fragte nicht weiter.

»Sehen will sie dich. Hat mich angefleht und angekniet und mir die Hände geküßt. Sie will dich unbedingt sehen.«

Er schwieg, als ob sie mit einem anderen redete.

»Na, was hältst du davon?« drang sie auf ihn ein.

Weiter in die Ferne starrend, fragte er zurück: »Und du, was meinst du?«

»Was weiß denn ich!« stieß sie unschlüssig hervor. »Bei Gott, wie soll ich das wissen!«

Das Gesicht noch immer abgewandt, sagte er: »Wenn du es weißt, dann sag's mir.«

Auf einmal fuhr er herum, starrte sie an. »Du an meiner Stelle, was würdest du tun?«

Sie erwiderte nichts. Er wollte sie aus der Reserve locken. »Sag mir: Geh, schau nach ihr – und ich gehe.«

Entsetzt rief sie: »Nein, sieh dich bloß vor!«

Er lächelte. »Also was dann?«

»Das weiß ich doch nicht! Sie hat mich um etwas gebeten und ich … Der Bote hat nur die Nachricht zu überbringen.«

»Was meinst du damit?«

»Daß ich's eben nicht weiß.« Sie erinnerte sich an das tränennasse Gesicht, die gerungenen Hände. Erinnerte sich, wie sie ihr Haar berührte. Wie ihr Rücken unter ihrer Hand gebebt hatte. Wie ihr Verstand sich sträubte, die eigenen Töchter mit so einer zu vergleichen. Beim Abschied hatte Nasha zu ihr gesagt: »Nimm mich wie eins von deinen Mädchen.« Da war ihre ausgestreckte Hand entsetzt zurückgezuckt. Nasha bemerkte ihr Erschrecken, und ihre Augen blitzten trotzig auf. Dann warf sie den Kopf zurück und bettelte unter Tränen: »Ich küss dir die Hände, aber laß mich ihn sehen.«

Unentschlossen meinte sie: »Vielleicht solltest du dir doch mal anhören, was sie zu sagen hat …«

Darauf er, mit einer Entschiedenheit, die sie an ihm gar nicht kannte: »Wir haben sie bereits verhört.«

Die Wörter gingen ihr im Kopf herum: Wir haben sie verhört. Haben sie verhört. Ihr habt sie verhört? Du und wer noch? Du und sie? Die von ihrem Dach heruntergesprungen kamen und sie verprügelt haben? Die ihrer Mutter das Messer bis zum Heft in die Brust stießen? Zu denen gehörst du?

Sie wagte nicht, ihn zu fragen. Sie fürchtete sich vor einem Ja. Was, wenn er ja sagte? Wenn er so eine Geste machte: Ich bin es, der urteilt und richtet, hier mit dieser meiner Hand?

Sie wandte sich ab, doch er ließ nicht locker.

»Brauchst bloß zu sagen: Geh, und schon gehe ich.«

Sie sagte es nicht, dachte abwesend immer nur das eine: Töchter im Haus – gehn die Sorgen nicht aus.

Der letzte Sproß

9

Husam gehörte zu jener sensiblen Spezies Mensch, die da glaubte – vielleicht auf Grund ihrer ganz persönlichen Verhältnisse – sie müßte sich für eine Veränderung der allgemeinen Verhältnisse verantwortlich fühlen. Er war keiner von denen, die in den Zeltlagern hausten, gehörte weder zu den Elenden der Gasse und den Armen im Kesselgrund noch zu denen oben auf dem Gipfel. Nein, er war der Sohn eines Mannes, dessen Leben im Mittelmaß begann und in jeder Hinsicht auch genauso weiterlief. Seine Familie war mittelreich, von mittlerer Bildung, mittelmäßiger Herkunft, von mittlerem Ansehen. Nur seine Onkel väterlicherseits, die waren allerdings kein Durchschnitt. Nach Kuweit, Saudiarabien und Deutschland waren sie ausgewandert. Sie konnten ein schönes eigenes Erbe hinterlassen, was sie in die Lage versetzte, über ihren ererbten Grundbesitz hinwegsehen zu können. Das ganze Besitztum bestand ohnehin nur aus den Überresten eines vom Erdbeben zerstörten Hauses im Stadtkern nahe dem Torplatz Bab as-Saha, einer Ölpresse und einem Olivenhain bei einem nahegelegenen Dorf. Nun änderte sich aber die Situation, und die Stadt dehnte sich aus, so daß aus dem Olivenhain, den der Großvater noch für ein paar türkische Silbermünzen erstanden hatte, ein enormes Vermögen wurde, obwohl sein Realwert eigentlich stagnierte. Aufgrund der Lage im Lande konnte ihn der Vater nämlich nicht veräußern. Die Leute scheuten den Verkauf und fürchteten den Kauf. Erwarben sie dennoch etwas, dann nicht mehr als ein Fleckchen hier, ein Fleckchen da, höchstens um ein Haus oder eine Ladenreihe darauf zu bauen. Herrn Wadschih, genannt Abu Assam, war es trotzdem gelungen, gleich zwei Parzellen an der Hauptstraße loszuschlagen. Den restlichen Boden behielt er für sich selbst und setzte eine protzige Villa hin, die nach mehr aussah, als er sich tatsächlich leisten konnte. Doch der Traum von Reichtum und Exklusivität hatte ihn und seinesgleichen gepackt, seit in fernen Ländern, die ihnen gar nicht gehörten, das Erdöl sprudelte. Er wurde das Gefühl nicht los, daß ihm ein solches Ansehen durchaus zustand. Wieso auch nicht, sämtliche Voraussetzungen waren in jeglicher Hinsicht gegeben. Seine Frau stammte aus gutem Hause. Seine Brüder waren Ärzte, Beamte und Berater, die schwammen nur so in Geld. Seine Söhne setzten mit derselben Besessenheit den Weg fort, den seine Brüder gebahnt hatten. Seine Villa hatte rote Dachziegel und Glasveranden aufzuweisen. Da konnte keiner mithalten, und wäre er noch so piekfein, mit einem noch so fetten Bankkonto.

Weder früher noch jetzt gab es an ihm irgend etwas auszusetzen. Außer zwei Dingen. Das erste war, daß seine Schwester, vom selben Vater, als Hebamme arbeitete und in einer ärmlichen Gasse beim Platz Bab as-Saha hauste. Dann sein Sohn Husam, der letzte Sproß am Weinstock, aber vollgestopft mit verrückten Ideen, die allen nur das Leben versauerten und ihm selbst den Weg zum sicheren Erfolg verbauten. Was fehlte dem Jungen dazu, daß er der Augapfel seines Vaters wurde? Der Bursche war redegewandt, sah gut aus, war sympathisch. Er diskutierte gern und liebte Bücher. Und doch war er ein komischer Kauz. Manchmal ließ er wirklich keinen Zweifel daran, daß sein Verstand verdreht war. Immer mußte der genau das Gegenteil tun! Wenn ihm der Vater sagte: Mach das so und so, dann machte er es gerade umgekehrt, aber auf der ganzen Linie. Tu dies – er tut irgendwas anderes, bloß nicht, was man will. Sein Vater empfiehlt ihm: Studiere Ingenieurwesen oder Medizin. Da studiert er Philosophie und Geschichte. Er sagt: Studier doch im Ausland, Zeugnisse von draußen gelten mehr. Aber nein, er studiert hier, an der Nadschah-Universität. Als er das erste Mal verhaftet wurde, riet ihm der Vater: Mach dich davon, geh nach Amerika oder London, ich verkaufe noch ein Grundstück und finanzier dir das Ausland. Was antwortet er: Zahl lieber meine Onkel, die rechtmäßigen Erben, aus. Oder entschädige deine Schwester für ihren unterschlagenen Anteil! In der Nacht hätte er beinahe einen Herzinfarkt erlitten. Nicht genug damit, daß er ihn an seine Teilhaber am Bodenbesitz erinnerte. Nach all den Jahren mußte er obendrein auch noch Sakijas Anteil erwähnen. Außerdem, ihr Anteil war doch gar nicht unterschlagen worden, mitnichten! Hätte er sie damals nicht unterstützt, nachdem dieser Dreckskerl sie verlassen hatte, wäre sie vor Entbehrung und Hunger eingegangen. Aber das Gedächtnis der Leute ist kurz.

Mit Recht sagt man, daß Sakija eine hochanständige Frau sei. Als Husam sie aufhetzte: »Laß dir eine Entschädigung für deinen Anteil zahlen«, da wehrte sie ganz bescheiden ab: »Schäm dich, so etwas zu sagen! Eine Schande wäre das, wenn die Schwester mit dem eigenen Bruder feilschen würde.« – »Feilschen? Was soll denn das heißen – mit ihm feilschen?« fragte Husam befremdet zurück. Die Tante wußte nichts darauf zu antworten, wiederholte nur immer wieder: »Du solltest dich schämen, schäm dich!« Was ihren Bruder Abu Assam dennoch nicht davon abhielt, einen kleinen Infarkt zu bekommen. Zwar konnte ihn der Arzt damals nicht diagnostizieren, aber immerhin blieb er für einige Tage ans Bett gefesselt und vermochte nichts weiter als Suppe, Zitronensaft und Milch zu sich zu nehmen.

Abu Assam war geizig, obwohl seine Villa den Anschein von Großzügigkeit erweckte. Marmorboden, Deckenstuck, Tapeten – alles vom Feinsten, direkt aus Rom importiert. Sobald er aber irgend etwas für den Haushalt einkaufen sollte, stöberte er das Schlechteste auf dem ganzen Markt auf. Die verkrüppelten Gurken sahen wie Kartoffeln aus, die Auberginen waren schlabbrig, wie weichgekocht, die Zucchini steckten voller Kerne wie ein Kürbis, und die Radieschen waren porös wie ein Schwamm. Umm Assam, die Ärmste, hatte so gut wie nichts auf Vorrat, nicht mal ein Sträußchen Petersilie. Bekanntlich hatte er bei dreimaliger Scheidung geschworen, daß sie nicht bis zum Platz käme, geschweige denn über den Ladenmarkt oder durch die Altstadt schlendern würde. So mußte sie, um zu einem Paar neuer Strümpfe zu kommen, verzwickte Riten und Zeremonien durchlaufen. Zunächst wartet sie erst mal ab, daß sich seine üble Laune für einen Moment bessert. Dann fängt sie an, unterwürfig, fast wie im Gebet: »Abu Assam, Gott erhalte dich, bitte, ein Paar Strümpfe.« Er hebt die buschigen Augenbrauen. »Ein Paar Strümpfe?« ruft er baß erstaunt. »Wo sind all deine Strümpfe geblieben?« Eilig besänftigt sie ihn: »Mögest du lange leben und für uns sorgen.« Er aber starrt sie glotzäugig an: »Also, was ist los, was ist damit passiert?« Ängstlich erwidert sie: »Sie sind halt hinüber, haben sich aufgelöst.« Mit schrecklichem Blick bohrt er nach: »Aufgelöst?« Sein Fingernagel trommelt auf dem Tisch. »Aufgelöst?« Er lächelt giftig. »Aufgelöst? Aufgelöst? Wie haben sie sich aufgelöst?« Immer lauter wird seine Stimme. »Schon gut«, sagt sie furchtsam, »lassen wir's.« Da brüllt er los: »Lassen wir's? Lassen wir's? Zuerst erklärst du mir mal, wie sie sich aufgelöst haben. Zucker – jawohl, der löst sich auf. Salz – jawohl, löst sich auf. Aber Strümpfe! Jetzt mach mir bloß eines begreiflich: Wie haben sie sich aufgelöst?« Sie windet sich. »Ich hab doch schon gesagt, lassen wir's!« – »Aha, lassen wir's, und was heißt dieses Lassen-wir's? Das soll ja wohl heißen, ich halte dich kurz und knapp? Erst sagst du mir, wie konnten sie sich auflösen?« Sie verdrückt sich, kommt ihm den ganzen Abend nicht mehr unter die Augen. Abu Assam ignoriert sie seinerseits, tut den Mund nicht mehr auf und schläft in der Nacht nicht bei ihr. Manchmal, wenn es sich um einen größeren Wunsch als um ein Paar Strümpfe handelt, ist die Vergeltungsfrist nach vorn offen. Das kann einen Tag, zwei Tage, auch einen Monat oder zwei so weitergehen. Dann glaubt Umm Assam, ihre Tage mit ihm seien gezählt, und der Mann treffe schon seine Vorbereitungen, sie zu verstoßen oder noch eine dazu zu heiraten. Wie ein Weberschiffchen flitzt die Ärmste hin und her, rauf und runter, sie kann gar nicht mehr ruhig sitzen, außer sie schläft gerade. Wie eine altersschwache Hündin schleicht sie ihm überallhin nach, sogar ins Bad. Jedes Bedürfnis, und sei es noch so intim, erfüllt sie ihm. Sie schneidet ihm die Fußnägel, die Härchen in den Ohren, zupft ihm die Achselhaare aus, dreht ihm die Popel aus der Nase und lacht über seine dümmsten Witze. Und dann, nach dieser ganzen Verwöhnaktion, endlich, läßt sich der Mann erweichen! Ein, zwei Wochen später bringt er ihr ein Paar Strümpfe mit. Sie freut sich wie verrückt, weint beinahe vor Dankbarkeit und erinnert sich euphorisch seiner guten Seiten. Wohl sieht sie seine Glotzaugen, aber dahinter auch die Tapeten, den schwarzen Marmor, das Kristall. Dieser Palast gehört mir, sagt sie sich. Dieses Auto, dieser Weinberg, die Garage, die Spaliere und Dachziegel, diese Reben, diese Trauben, die Mauer und das Eisentor - alles mein, Gott sei's gedankt! Nur an trüben Abenden, wenn sie Vincent mit der bestialischen Fratze und dem goldenen Herzen im Fernsehen sieht, wie er gerade aus dem Gullydeckel steigt, um sich mit seiner Geliebten zu treffen und ihr süße Verse zu sagen, da weint sie still und heimlich vor sich hin und wünscht sich, mit ihm in der Kanalisation zusammenzusein.

10

Wadschih protzte gern mit seinen Jungs herum, nicht etwa, weil er seine Söhne geliebt hätte. Vielleicht schien es Husam auch nur so, aber er sammelte Söhne, wie der Geizhals Goldstücke zusammenrafft. Er versteckt sie in einer verschlossenen Truhe, außer Reich- und Sichtweite, und faßt sie nur an, wenn er nachzählt. Ihm genügt es zu wissen, daß er seinen Riesenschatz hat, auf den er bei Bedarf und sooft als nötig zurückgreifen kann. Er konnte sich nicht entsinnen, daß sein Vater ihn jemals verwöhnt oder nur freundlich angesprochen hätte. Allerdings war er da nicht der einzige. Seinen Geschwistern ging es genauso. Sobald der Vater erschien, traten sie in Reih und Glied an, wie kleine

Soldaten, erst die Größte, dann ein Kleinerer, und wieder ein Kleinerer. Husam machte natürlich den Schwanz. Die Älteste sagte ehrfürchtig: »Guten Abend, Papa.« Das Gefühl der Scheu übertrug sich auf ihn. Die Mutter stand am Eingang neben der großen, verzweigten Pflanze mit den breiten Blättern, die ein gutes Stärkungsmittel abgaben. Je abstoßender der ganze Hergang, um so schöner die Entschädigung danach. Er rannte hinauf in die Bodenkammer, wo alles mögliche Gerümpel herumlag. Alter Hausrat, verstaubte Lampen ohne elektrische Birnen, die Brauttruhe seiner Großmutter und chinesische Kacheln, die sich hier stapelten, solange das Haus stand. Wie ein Tempelwächter hockte er dort oben und lauschte dem zarten Geklingel der Kupferglöckchen an der Lampe, die er in den Durchzug gehängt hatte. Er las ein Buch, das er aus der Stadtbibliothek entliehen hatte, und ließ ihr Bild auf jeder Seite neu vor sich erstehen.

Als er ihr das erstemal begegnete, war es so etwas wie ein Erdbeben gewesen. Wie ein Elektroschock, der sein Herz lichterloh entflammte. Das Feuer raste weiter, stieg ihm zu Kopf. Tränen schossen ihm in die Augen, völlig grundlos. Es gab ja nichts Trauriges, nichts Schmerzliches oder Schreckliches. Trotzdem Tränen, wie ein plötzlicher Dunstschleier.

Sie war erwachsen, er war noch klein. Sie war Lehrerin an einer Schule im Viertel Daradsch-Arid, und er war nur ein Junge. Deshalb wollte er schnell groß werden.

Er saß auf der grünen Parkbank im Garten der Stadtbibliothek inmitten von Zypressen, Mohnstauden, zahllosen Sperlingsnestern, Gezwitscher und Blättergeraschel. Ein Herbsttag, feucht und sehr windig. Ihr Rock flog wie ein volles Segel auf. Ihre wohlproportionierten

Schenkel wurden entblößt … und noch etwas viel Tolleres kam zum Vorschein! In panischer Hast versuchte sie die Rockzipfel herunterzuzerren. Aber der Wind blies und blies, und es war alles umsonst. Sie drehte sich um sich selbst, wollte sich vom Wind abkehren. Nun bekam er sie von der Rückseite zu sehen! Fassungslos, mit offenem Mund, erstarrte er. Da bemerkte sie ihn! Wie vom Donner gerührt, stierte er sie an. Sie riß die Augen auf, daß das Weiße darin aufblitzte. Und lächelte! Es rüttelte ihn durch und durch, wie ein elektrischer Schlag. Tränen schossen ihm in die Augen, er wandte das Gesicht ab. Warum hat sie gelächelt, dachte er bekümmert. Wäre ich erwachsen gewesen, hätte sie nicht gelächelt. Von dem Tag an erfuhr er, was Schlaflosigkeit heißt.

Wie ein Besessener war er ihr auf den Fersen. Tag für Tag trieb es ihn in die Bibliothek. Er las, träumte, sinnierte, nickte ein, las wieder, grübelte. Tage kamen, an denen sie nicht erschien. Dann war sie plötzlich wieder da. Es gab kein System. Meistens kam sie zu Mittag, nach Schulschluß. Er entdeckte sie schon hinter der Scheibe, wenn sie hochhakig und elegant gekleidet hereingeschwebt kam. Eine aufregende Figur, rank und schlank wie Bambus! Mal enge und mal weite Röcke, Sommerjacken in sportlich-elegantem Flair. Sie stellte sich am Schalter an, um Bücher abzugeben. Danach stöckelte sie davon, ihre Absätze klapperten auf den Fliesen. Lange blieb sie zwischen den Regalen verschwunden.

Er fing an, ihr nachzuspionieren. Ihren Namen, ihr Fachgebiet, ihren Studienplatz, den Namen ihres Vaters, den Familiennamen. Der Vater war Tischler, ihm war sonst nichts nachzusagen. Ihre Geschwister waren noch klein, sie war die Älteste. Naturwissenschaften und Biologie hatte sie studiert und sogar die Amerikanische Universität in Beirut absolviert, nachdem sie ein Stipendium bekommen hatte. Unter den zehn Besten war sie gewesen. Also besaß sie Grips und Verstand. Die Amerikanische Universität und Biologie! Herr des Himmels! Da mußte er ja sämtliche Bücher der Welt lesen!

Was las sie nicht alles! Belletristik, Philosophie und Politik, Historiographie und Politologie, Ökonomie, Lyrik und Politik. Politik, Politik. Dann würde er eben all das auch lesen, gut zuhören und diskutieren und sich politisch bilden!

Wenn er heute daran dachte, was er damals, vor langer Zeit, unter Politik verstanden hatte, mußte er sich etwas Schwerwiegendes eingestehen: Wäre sie nicht gewesen, hätte er sich nie so gründlich mit Politik befaßt. Er hätte sie wie alle Welt verstanden – als pure Realität, als Besetzung, als Leid. Als einen Aufstand, der von der anderen Seite, über den Jordan, herübergetragen wurde.

Als er ihre Stimme zum erstenmal vernahm, war er schon viel größer geworden. Zwei Jahre oder mehr waren vergangen, Jahre, in denen er sie in Träumen, geliehenen Büchern und Leseräumen verfolgt hatte. Inzwischen hatte er das Abitur abgelegt und seine Unterlagen an der Nadschah-Universität eingereicht. Da geschah es, daß er rein zufällig verhaftet wurde. Administrativhaft, wie alle jungen Männer. Aber danach war Schluß mit der Angst. Die väterliche Gewalt schreckte ihn nicht mehr. Er stellte sich nicht mehr in der Reihe auf, um mit demütiger Trauermiene »Guten Abend, Papa« zu sagen. Jetzt genierte er sich auch nicht mehr, den Mädchen direkt in die Augen zu sehen. Er konnte nicht nachvollziehen, daß ein einziger Blick bereits Treuebruch sein sollte. Doch am wichtigsten war, daß er nicht mehr von dieser Liebe überzeugt war, der einseitigen Liebe, der Liebe in Träumen, die sich von Papier und unterdrückten Wünschen nährte. Bewußter Verstand war die beste Sicherung! Seine Lektüre begann sich auszuzahlen. Jetzt begriff er, was er las. Er analysierte, begründete, erwog die Dinge. Nur noch selten, daß er sich auf dem Dachboden zwischen Trödelkram und Glöckchen aufhielt. Dafür mehrten sich seine Besuche im Viertel Bab as-Saha und im Khan der Händler. Zum erstenmal trat er einer Organisation bei. Prompt wurde er verhaftet. Drei Monate Haft, dann die Nadschah-Universität. Wieder eine Organisation. Und anderthalb Jahre Haft. Als er entlassen wurde, war er gereift und gefestigt. Er wußte genau, was er wollte. Er wollte unbedingt wissen.

Bei einer Buchausstellung sah er sie wieder. Die gleiche elegante Kleidung, hohe Absätze, tolle Figur. Immer noch ein Traum. Sein Herz kam aus dem Takt. Er trat an den Tisch, wo sie stand und in einem neu erschienenen Buch blätterte. »Was ist das nur für ein Land«, sagte er provokant. »Fünf Jahre oder mehr kenne ich Sie nun, und kenne Sie doch nicht!«

Sofort fuhr sie herum. Sie mußte zu ihm aufsehen. Er war groß geworden, größer als sie! Ihre Augen trafen sich. Mit gedehnter Stimme flüsterte sie, heiser und langsam: »Ihnen kommen ja gar keine Tränen mehr!«

»Ich bin eben groß geworden«, erwiderte er lakonisch.

Sie nickte und lächelte verständnisvoll: »O ja, das sieht man.«

Einfach überwältigend! Es war die erste Liebe. Vielmehr Anfang und Ende aller Liebe! Die Liebe zu ihr war Zärtlichkeit, war verdrehter Kopf und Erschauern des Leibes. Die Sonne schien heller durch sie. Die Erde wurde reicher durch sie. Die Altstadt war traumhaft schön. Er ging durch das Kasba-Viertel, schlenderte zwischen alten Häusern, Torbögen und breiten Kapitellen umher. Es duftete nach Sesamöl, heißem Olivenpreßkuchen, frischem Brot, gegrilltem Kebab, Koriander, Summak, knusprigen Fladen, Thymian, Kenar, Süßigkeiten aus Sesammehl, Muskatnuß. Alle Gewürze der Welt in großen Säcken. Ein helles Leuchten aus den Lichtluken. Vergoldete Sterne in der Moschee. Überdachter Khan, ganz oben die Kuppeln.

Jetzt genoß er die Konfrontation mit dem Vater nicht mehr. Kaum sah er sein Auto in der Straße verschwinden, sprang er über die Mauer, stieß die Tür auf und trat ein. Er setzte sich auf eine der verglasten Veranden, streckte die Beine lang aus und sann vor sich hin. Die Herbstsonne schien mild durch die Scheiben und schickte alle Wärme und Helligkeit der Welt zu ihm herein.

Woher nahm diese Stadt nur all ihren Glanz! Über den ganzen westlichen Horizont hin stieg Nebel vom Meer auf. An längst vergangenen Abenden hatte er diese Zeit zu Sonnenuntergang am meisten geliebt. Seine verspannten Glieder lösten sich. Wie berauscht stand er auf der Dachterrasse. Sog den Duft, das Aroma der Erde ein und träumte davon, zum allerfernsten Punkt vorzudringen. Dorthin, wo Ewigkeit war. Die letzten, höchsten Sehnsüchte der Seele. Zu einer alles Sein umfassenden Liebe.

Die Hügel von Sawata, der Gipfel des Ruben, Talsenken unter der Sonne … und die Liebe eines Mädchens mit Augen wie Flügel der Abenddämmerung, wie Schwalbenfedern und Ährengold! Die Frau war ein

Bild, noch immer, das Symbol für den Boden. Oder umgekehrt, der Boden war eine Frau. Aber der Boden blieb nicht der Traum aller Träume. Jetzt wußte er – und dafür hatte er teuer bezahlt –, daß man auf einem Felsen oder in einer verlassenen Grotte wie ein Schakal verrecken konnte. Wäre da nicht die Seele und der Glaube des Herzens gewesen, er wäre abgefallen, wäre von allen Menschen abgefallen. Doch gerade die Menschen waren das Gotteshaus. Die Gebetsrichtung. Stets wiederkehrende Gebetsformel. Was wäre denn der Boden ohne sie? Welchen anderen Sinn hätten Seele und Vaterland?

Bis jetzt erinnerte er sich an Samechs Träume. Sie hatten zu zweit an einem Felsrand gesessen, hoch über den Balkonen der Stadt. Da sagte er mit absoluter Gewißheit: »Morgen, wenn der Staat errichtet wird und Friede ist, baue ich mir hier ein Häuschen hin – alle Wände aus Glas. Und weißt du, warum? Damit ich mir diese ganze Herrlichkeit betrachten kann, ohne daß mir ein Haar gekrümmt wird.«

»Du dichtest wohl?«

Er wandte sich um und lächelte ihn traurig an. »Ich, und ein Dichter? Ich kann ja kaum lesen und schreiben. Ich bin bloß Klempner. Leitungsrohre verlegen, und weiter nichts.«

»Denkst du etwa, dichten wäre eine Wissenschaft? Hat es nicht schon vor dem Islam Dichter gegeben? Und bei den Beduinen und den Zigeunern? Und was ist mit den Volksdichtern auf Festen und Hochzeiten? Ich habe eine Tante, die ist Hebamme. Aber sie hat mehr Poesie im Leib als der Beduinendichter Antar!«

»Ist das wahr? Eine Hebamme?«

»Ja, Hebamme in Bab as-Saha. Wenn die zwischen den Kuppeln sitzt und ihre Wasserpfeife raucht, wird sie wie beschwipst. Da hebt sie ab und redet in poetischen Bildern. Eines Tages schleichen wir uns rein. Ich nehme dich mit zu ihr.«

Er hatte ihn mitgenommen, einmal und noch einmal. Das war dann schon das letzte Mal. Ihm kamen die Tränen. Manchmal, wenn man so zur Ruhe kommt und sich besinnt, könnte man glatt den Verstand verlieren. Wie ein verwundetes Tier wird man da. Was haben wir gewonnen? Was haben wir verloren? Was waren wir einmal, und was ist aus uns geworden? Wie lange geht das noch so weiter? Wo ist ein Ende, wo eine Hoffnung? Hör auf damit, Schluß aus. Alles nur albernes Gewäsch. Verrenkungen des Verstands, sinnlose Grübelei. Zweifel, Überdruß und Einsamkeit. Für solchen Luxus ist jetzt keine Zeit. Laufe, fliehe, schlag zu, sieh dich vor, rufe, pfeife, plane und projektiere, schick eine Botschaft, grab ein, grab aus, ertrage, gedulde dich, lache, lache, auch in tiefster Trauer. Du bist der Erbauer, du bist der Zerstörer. Du bist die Welt und der ewige Boden.

11

Er erwachte von einem verdächtigen Geräusch. In Sakinas Garten keiften zwei Katzen im Duell. Er schaute aus dem obersten Fenster hinaus. Draußen war alles schwarz wie Wimperntusche. Plötzlich läutete das Telefon, aber seine Tante nahm nicht ab. Es klingelte und klingelte, und er sah aus dem Fenster. Endlich meldete sich die Tante. Er hörte ihre Schritte näher kommen, und als er sich umwandte, lehnte sie in der Tür.

»Das war Samar. Sie sagt, wir sollen wach bleiben.«

Schweigend betrachtete er ihre schwarze Gestalt im unsteten Lichtkreis.

Besorgt setzte sie hinzu: »Nie im Leben hat sie mitten in der Nacht angerufen!«

Wieder sah er hinaus. Er nahm schemenhafte Gestalten wahr, die dicht an der Wand entlangschlichen.

»Sie sind schon im Viertel, ich muß fort«, sagte er entschlossen.

Mit der Hand versperrte sie ihm den Weg. »Nein, Vorsicht! Wenn sie dich sehen, erschießen sie dich. Komm mit.« Sie lief vor ihm her, eine kleine Taschenlampe in der Hand. Langsam stiegen sie die Stufen hinunter, bis zum Erdgeschoß. Sie öffnete das Fenster zum Lichtschacht und sagte: »Hier rein, ins Kellerloch.« Hinter ihm schloß sie das Fenster.

Er schaute in die Höhe. Am Ende des Schachts konnte er die Sterne und flackernde Lichter erkennen, die sich hinter Umm Sadeks Fenstern bewegten. Wenige Augenblicke, und oben ging das Fenster auf. Er hörte Umm Sadeks Kinder flüstern: »Los, los!«

Er preßte sich gegen die Mauer und zischte: »Pst!«

Die Gestalt am Fenster erstarrte und fragte zurück: »Wer ist da?«

»Ich bin es, Husam.«

»Los, los!« Der erste sprang. Dann der zweite. Und der dritte.

Jetzt wurde das Fenster bei Umm Hamdallah geöffnet, und zwei Gestalten schwangen sich heraus. Ein letzter kam aus Umm Mohammeds Fenster gesprungen.

In der Dunkelheit sagte jemand: »Zwei Meter lang, einen Meter breit, einen halben Meter hoch. Seht zu, wie ihr klarkommt, Jungs.«

Eine verunsicherte Stimme fragte: »Wird denn das reichen?«

»Es reicht, das reicht schon. Ihr müßt euch eben einrichten, Jungs.«

Die Razzia begann. Scheinwerfer leuchteten auf. Mit einemmal war die Nacht in grelles Orange getaucht. Einer rief im Befehlston: »Alle übereinander!« Husams Körper stieß gegen andere Leiber. Ein Gedanke blitzte in ihm auf. Das wäre was – sämtliche Splittergruppen in dieses Loch stopfen! Den ganzen Klüngel da rein! Die Organisation, wie sie war, ab ins Loch!

Schlagstöcke und Gewehrkolben krachten gegen die Türen. »Aufmachen, aufmachen! Los, aufmachen! Tür auf, Fenster auf! Alles aufmachen! Los!» Bumm. Bumm. Bumm. »Los!« Ein Schuß. Bumm. Bumm. Bumm.

»Sie haben die Telefonleitung gar nicht gekappt!« flüsterte einer. »Komisch.«

»Pst! Ruhe!« Körpergeruch. Lastendes Gewicht. Erstickungsgefühl. »Meine Hand!« stöhnte jemand auf.

»Pst! Sei still!«

Wieder herrschte Schweigen.

Samar steckte den Kopf durchs Fenster und rief: »Sie durchsuchen die Wohnung von Umm Hamdallah.« Sie schloß das Fenster wieder. Sie vernahmen Getöse, Stampfen, etwas ging zu Bruch. Aber sie verhielten sich mucksmäuschenstill.

Umm Hamdallah versperrte die Tür zu dem Zimmer, wo ihre Kinder schliefen. Der Soldat versuchte sie beiseite zu zerren.

»Du weg!« rief er.

»Ich geh nicht weg!«

»Du abhaun!«

»Ich hau nicht ab!«

Er stieß sie gegen die Brust, aber sie klammerte sich an der Tür fest und schrie ihn an: »Schäm dich, die Hand gegen Frauen zu erheben!«

Er bleckte die Zähne. »Ihr nicht Frauen. Ihr nicht Menschen.« Wieder schubste er sie. Sie warf sich mit dem ganzen Körper auf ihn und krallte sich fest. Er schlug auf sie ein. Da sprangen ihre beiden Töchter hinter ihr hervor und stürzten sich auf ihn. Zwei Soldaten kamen gerannt, dann ging alles drunter und drüber.

Frau Sakija stand am Oberfenster und sah nach unten. Die Gasse wimmelte von Soldaten, Scheinwerfern und Militärjeeps. Sie hörte das Geschrei, und ihr Herz flatterte wie bei einem kleinen Kind. Gott schütze uns, Gott schütze uns, schütze uns, schütze ... Wieder schaute sie hinaus und erkannte Samar, die sich hinter der Kuppel des Backofens hervorwand und zu Umm Hamdallahs Dachterrasse hinüber schlich. Umm Sadek folgte ihr. Aus dem Dunkel sprangen zwei Soldaten hervor und prügelten auf die beiden Frauen ein. Einer packte Samars Haar und drehte es zusammen, daß ihr Kopf fest wie eine Apfelsine in seiner Faust lag. Umm Sadek ging auf ihn los und warf sich mit ihrem ganzen Gewicht auf seinen Rücken. Der andere Soldat trat mit Füßen nach ihr, aber sie gab nicht auf. Blieb an ihm wie festgeklebt und drückte ihm die Kehle zusammen, bis seine Hände erschlafften.

Über das Dach kam Umm Mohammed gelaufen, hinter ihr noch drei Frauen, jede mit einem Stück Holz in der Hand. Einer der beiden Soldaten stürzte in die Tiefe, und bevor er aus seiner Benommenheit erwachte, hatten ihn schon die jungen Männer gepackt und drückten ihm die Luft ab.

Sie schoben ihn nach unten und legten sich darauf. Einer lachte hysterisch: »Jetzt sind wir alle in diesem Loch auf 'ne Leiche gebettet. Gepriesen sei Gott!«

»Pst, halt die Klappe!«

Plötzlich fing einer zu schluchzen an. Er war sehr jung, erst zwölf Jahre alt oder noch jünger.

»Haltet ihm den Schnabel zu. Pst. Was hast du denn?«

Halb erstickt kam die Antwort: »Der Tote stinkt so!«

Vor Lachen prusteten sie durch die Nase. Eine Hand legte sich auf den Mund des Jungen. Jemand raunte: »Der kann doch gar nicht stinken, Dummkopf! Noch nicht.«

»Und wir stinken auch noch nicht!« setzte ein anderer hinzu.

»Pst. Ruhe alle beide!«

Samar, mit einem Knüppel in der Hand, rief oben: »Die sind bei Sitt Sakija reingesprungen. Auf sie, ihr Frauen!« Alles strömte zur Dachterrasse von Frau Sakija. Sie saß auf der Matratze, den Rücken an den Jasminkübel gelehnt und sah entsetzt zu, wie Soldaten wie die Teufel vor ihr herumsprangen. Sie rannten die Treppe herauf, stürzten wieder hinab, rissen Türen auf, schlugen gegen die Fensterflügel, daß die Scheiben klirrten. Zwei waren im Bad. Zwei am Eisschrank, die veranstalteten mit ihren Kalaschnikows Zielschießen auf Obst und Wasserflaschen. Ein anderer klopfte das Bettgestell ab, nachdem er schon alles durchwühlt hatte. Als einer den Pflanzentopf mit dem Basilikum zerschlug, stammelte sie traurig: »Wie schade! Warum tust du das, Söhnchen!«

Er stutzte, sah sie einen Moment lang an. Ihre Augen trafen sich. Er senkte den Blick und eilte die Bodentreppe hinunter, um den Frauen den Weg zu versperren. Er empfing einen Schlag mit dem Holzknüppel, bekam ihn aber zu fassen und zerrte daran, daß Samar über den Boden rollte und zu Frau Sakijas Füßen liegen blieb. Zitternd, doch ohne Tränen, zischte sie: »Bei Gott, denen werd ich's zeigen!« Sich den Hintern reibend, rappelte sie sich wieder hoch und schoß wie eine Granate auf sie los.

Der Junge fing von neuem an: »Ich sag, der stinkt.«

»Pst. Wart du nur ab, bis sie fort sind.«

»Die sind ja weg.«

»Nein, ich glaube, sie sind bei den Lahhams.«

»Sind sie noch im Viertel?«

»Sicher.«

»Und die Frauen?«

»Ihnen auf den Fersen.«

Einer schnaubte: »Und wir sitzen in dem Loch fest, auf einer Leiche!«

»Ruhe! Jetzt wird nicht gequatscht. Denk an was anderes.«

Husam spürte, daß sein Bein eingeschlafen war. Er erinnerte sich an seine Zelle im Gefängnis. Da hatte er auch wie in einem Sarg gesessen und an alles mögliche gedacht, nur nicht an seinen Körper. »Verlaß deinen Körper. Das ist die erste Lehre«, hatte Samech gesagt. »Leg ihn ab, wie man seine Klamotten auszieht.« Er las den Fetzen Papier, zerriß ihn in kleine Schnipsel, stopfte sie in den Mund und schluckte sie hinunter. Jetzt waren sie in ihm drin. Es ist leicht, Wörter zu schreiben. Es ist leicht, Wörter zu schlucken. »Leg deinen Körper ab.« Aber er legte ihn nicht ab, sie rissen ihn von ihm herunter. Sie schlugen ihn, bis alle Glieder geschwollen waren. Seine Hände steckten in Handschellen auf dem Rücken. Automatische Handschellen. Jedesmal, wenn sich ein Knöchelchen regte, schnitten sie noch mehr ein. In al-Faria hat er seine erste Lehre bekommen. Ein tolles Gefängnis. Alles war dort perfekt, bis aufs Knochenmark. Kein Knöchelchen, dem keine Lektion erteilt worden wäre. Sobald er sich rührte, verstärkte sich der Druck der Handschellen. Im Gefängnis von Dschennin beging er nicht mehr denselben Fehler. Er hatte gelernt, seine Nase zu zügeln. Hielt die Luft so lang wie möglich an und dachte an sonstwas, nur nicht an seinen Körper … An sie. An die Bibliothek. Das leise Klirren der Lampe im Windzug. Die Bodenkammer. Die Berge von Sawata, Asira, Ruben. Sie war immer dieselbe geblieben. Ihr Name war der schönste, der höchste. »Wie heißt du?« hatte er sie gefragt. »Sahab.« – »Sahab, Wolke! O Gott, ein wundervoller Name, und er flößt Respekt ein.« – »Respekt?« – »Ja, weil er mich an ein Sprichwort erinnert, das wir gelernt haben, als wir noch klein waren: Die Hunde kläffen, aber die Wolken ziehen weiter. Und das stimmt, stimmt genau. Kläffende Hunde können den Wolken nichts anhaben.« Samech hatte es ihm erklärt: »Du bist eine Wolke. Denk dran, das ist die zweite Lehre. Wenn du deinen Körper erst mal abgelegt hast, wirst du zur Wolke. Das ist wie mit einem Windstoß – der Wind läßt sich nicht greifen. Genausowenig wie eine Wolke.«

Seine Lippen bewegten sich, ohne Seufzer: »Sahab, Sahab.«

Samar lugte aus dem Fenster. »Sie sind abgezogen«, rief sie. »Nachher werden sie das Viertel noch durchkämmen.«

Der zuoberst lag, sprang ab, machte die Hose auf und pinkelte. Der verängstigte Junge öffnete den Mund und erbrach sich. Er aber hockte sich in einen dunklen Winkel und starrte weit, weit in die Ferne, hinauf zu den Sternen.

Neue Gefangenschaft

12

Der Posten war verschwunden. Sie hatten die Zugänge zur Gasse dichtgemacht und begannen mit den Durchsuchungen. Doch die jungen Männer kannten sich mit Schleichwegen, Abwasserkanälen, Durchgängen, Kellergewölben und Gullydeckeln bestens aus. Eine gnadenlose Jagd begann. In der Nachbargasse inszenierten die Jungs ein Gefecht. Frau Sakijas Dachterrasse füllte sich mit Scherben, Pflastersteinen und leeren Patronen. Es regnete Gasbomben, Zwiebeln, Zitronen, Granatenhülsen. Die Leute schlossen die Fenster und hielten sich mit Eau de Cologne getränkte Taschentücher vor die Nase, bis ihnen ganz schwindlig wurde. Die Burschen beschlossen, den Rückzug anzutreten, und nahmen alles junge Volk mit. Nur Frauen, Kinder und alte Männer blieben im Viertel zurück.

Husam war am Bein getroffen. Er warf sich in Sakinas Garten und versteckte sich im Schatten zwischen Mohnstauden, Kletterpflanzen und Kräutern. Als die Nacht hereinbrach, robbte er die steinernen Stufen hoch und pochte an Nashas Tür. Da sie nicht reagierte, kritzelte er auf ein Stück Papier: »Nasha, öffne. Husam.« Den Zettel schob er unter der Tür durch. Lange Minuten vergingen, bis sie aufschloß. Aber endlich öffnete sie doch.

Und Husam trat ein, um sich im Hause Sakinas zu verbergen.

Vor der Frisiertoilette blieb er stehen und betrachtete sich im Spiegel. Wie ein Gespenst sah er aus, dreckig, bleich, mit Bartstoppeln und leeren Augen. Als er sie gewahr wurde, wandte er den Blick ab. »Hilf mir«, sagte er im Befehlston.

Für Augenblicke war sie verblüfft, dann stürzte sie auf ihn zu, als wollte sie ihn umarmen. Beinahe wäre er gefallen. Aber sie fing ihn mit ihrem jungen Körper auf, stützte ihn mit der Schulter und führte ihn zum Kanapee, auf dem wenige Tage zuvor seine Tante gesessen hatte.

Knapp und befehlend verlangte er: »Hol eine Schere und Watte und Jod!« Wie eine eifrige Schülerin sprang sie sogleich los, brachte ihm das Gewünschte und wartete auf seine weiteren Anweisungen.

Er schnitt den Stoff rings um die Wunde auf. Sie drehte das Gesicht beiseite. Er sah sie scharf an, als wollte er sie beschimpfen: Du fürchtest dich? Gerade du, Nasha, Sakinas Tochter? Du in dem zweifelhaften Haus mitsamt den Orgien, Rauschmitteln, Spitzeleien – du fürchtest dich? Ach, die Wunde schmerzt, du Tochter einer …

Er stöhnte. Wieder wandte sie sich ab und wollte weggehen.

»Wohin?«

»Ich mach dir ein Glas Tee.«

»Nein, komm her.«

Geschwind kehrte sie um.

»Halt den Verband fest. Leg deine Hand hierher. Gib mir das Jod. Jetzt die Watte. Und den Mull. Verbinde hier. Zieh fest, fester! Ich sag dir, zieh!«

Ach … Das hätten wir geschafft. Er schloß die Augen, lehnte den Kopf an die Rückwand des Kanapees und nickte ein.

Sie blieb zu seinen Füßen hocken, wie sie zuvor zu Füßen seiner Tante gesessen hatte, verhielt sich mucksmäuschenstill und wartete auf ein Zeichen von ihm.

13

Sie umwickelte sein Bein mit einem neuen Verband und zog ihn fest.

»Wenn die Wunde nicht wäre, hätte ich dich bestimmt mein Lebtag nicht hier gesehen.«

Er gab keine Antwort, war ganz in Gedanken versunken. Abhauen wollte er, aber wie? Den Zugang zur Gasse, die nach Bab as-Saha führte, hatten sie mit einer Barriere aus Eisen und Zement verrammelt. Sie hatten ein Ausgehverbot verhängt und während der Sperrzeit diese Dinger hingesetzt – Fässer, die sie mit Eisenstükken und Eisenbeton auffüllten. Reihenweise wurden sie übereinandergetürmt, bis der Eingang zur Gasse verstopft war. Am anderen Ende richteten sie einen Kontrollpunkt ein, an dem eine große Fahne herabhing. Bis unten deckte sie die Hausfenster ab und ließ kein Licht zu den Bewohnern herein. Ohne Ausweiskontrolle und Leibesvisitation kam keiner hinaus oder an denen vorbei.

Während sie die schmutzigen Verbandstreifen einsammelte, sagte sie beiläufig: »Deine Tante hab ich beim Gemüsehändler getroffen.«

»Du bist aus dem Haus gegangen?« fragte er mürrisch. »Wann denn?«

»Als du geschlafen hast.«

»Es ist verboten, das Haus zu verlassen. Kapiert?«

»Und was sollen wir essen?«

»Ich werde schon Rat schaffen.«

Sie erwiderte nichts darauf, ging in die Küche. Nach ein paar Minuten kam sie zurück, setzte sich in gebührendem Abstand zu ihm auf das Kanapee und begann zu sticken. Wie zu einem Verwandten oder einem guten Freund sagte sie: »Ich wollte deiner Tante ja nur mitteilen, daß du bei mir bist und daß es dir gut geht.«

»Und warum hast du's ihr nicht mitgeteilt?«

»Ich hab guten Morgen zu ihr gesagt, aber sie hat mir nicht gedankt.«

»Vielleicht hat sie dich nicht gehört.«

»Doch, sie hat's schon gehört. Sie hatte wohl ihre Bedenken und wollte sich wegen der Leute vorsehen.«

Zum erstenmal spürte er Mitleid. Doch er verscheuchte das Gefühl und dachte wieder darüber nach, wie er aus seinem Gefängnis ausbrechen könnte.

»Wie sieht's am Tor aus?« fragte er.

»Alles voll Soldaten. Die durchsuchen jeden, der kommt und geht.«

Er verfiel in Schweigen. So schwieg sie auch. Aber bald fing sie wieder an, wie im Selbstgespräch: »Umm Hamdallah redet mit mir. Samar, die Tochter von Umm Sadek, redet mit mir. Bloß deine Tante nicht.« Bekümmert seufzte sie auf. »Was weiß ich, weshalb«, murmelte sie.

Nach einigen Minuten fragte sie ihn: »Soll ich dir das Fernsehen einschalten?«

»Nein.«

»Möchtest du einen Kaffee?«

»Nein.«

»Schön, einen Tee?«

»Nein.«

»Was willst du also?«

»Daß du die Klappe hältst.«

Sie rührte und regte sich nicht mehr. Er schaute zu

ihr hinüber und sah, daß ihr Gesicht wachsbleich war. Wieder spürte er Mitleid. »Na gut«, brummte er, »dann gib mir was zu lesen.«

Langsam wandte sie sich um und ging hinaus. Er hörte, wie sie Türen, Schubladen, Truhen und die Frisiertoilette öffnete. Darauf ging sie wieder in das erste Zimmer, das zweite, das dritte. Schließlich brachte sie ihm einen Stoß Zeitschriften. Den ›Mauid‹, die ›Schabaka‹ und den ›Barada‹. Lächelnd schüttelte er den Kopf.

»Was anderes habe ich nicht gefunden!« rief sie ärgerlich.

Wieder schüttelte er den Kopf. »Ist ja gut.«

Sie machte kehrt, um die Zeitschriften dahin zu bringen, wo sie sie hergeholt hatte. Aber er rief sie zurück: »Na komm, gib schon her.«

Sie legte die Zeitschriften vor ihm auf den Tisch und entfernte sich. Zum erstenmal fiel ihm die Farbe ihres Kleides auf. Leuchtend, knallig. Amberfarben.

»Läufst du den ganzen Tag in diesem Kleid herum?« fragte er beklommen.

»Was soll ich denn sonst anziehen?«

Er antwortete nicht. Sie drehte sich um und verschwand in ihrem Zimmer. Als sie zurückkam, trug sie einen schwarzen Rock, dazu eine weiße Bluse. Unschuldig wie ein kleines Schulmädchen sah sie aus. Sie stand da und schaute ihm zu, wie er gelangweilt die Seiten umblätterte.

Er hob den Kopf, starrte sie an.

»Was wollen wir ...«, stotterte sie, »was willst du essen?«

»Suppe.«

»Jeden Tag Suppe?«

»Hast du was gegen Suppe?«

»Nein, gar nicht. Schön, dann eben Suppe.« Damit ging sie.

Zu Mittag brachte sie ihm ein Tablett, darauf eine Schüssel voll Suppe, ein Teller Oliven und ein Fladenbrot. Sie stellte alles auf dem Tisch vor ihm ab und zog sich in die Küche zurück. Nach dem Mittagessen reichte sie ihm ein Glas Tee herein und verschwand wieder. So verging der zweite Tag.

14

Den Abend verbrachten sie beim Fernsehen. Als in den Nachrichten Aufnahmen von der Intifada kamen, packte ihn die Neugier, und er fragte sie: »Was meinst du dazu?«

»Wozu?«

»Zu dem, was du da siehst.«

»Also willst du doch was von mir hören?«

»Na klar.«

»Warum auf einmal?«

Er sah sie an und bemerkte, daß ihr Gesicht vor Aufregung hochrot war.

»Hundertmal habe ich darum gebeten, daß ich dich zu sehen kriege«, rief sie. »Angefleht hab ich deine Tante, ihr Hände und Füße geküßt und sie bei Gott und Mohammed und allem, was ihr teuer ist, beschworen. Aber alles für die Katz. Dabei hat sie zuerst, das war, bevor ich mit ihr redete, doch auch zurückgegrüßt, wenn ich ihr guten Morgen wünschte. Jetzt sag ich guten Morgen zu ihr, da tut sie so, als wäre sie überhaupt nicht anwesend. Was ist bloß los mit der Welt? Was ist mit den Leuten passiert? Wenn das die Intifada ist, kann sie uns getrost gestohlen bleiben!«

»Das hast nicht du zu entscheiden«, meinte er kühl.

»Wer hat es denn zu entscheiden? Du etwa?«

»Ich auch nicht.«

»Wohl auch nicht die paar Jungs, die die Schule schwänzen, sich auf den Straßen herumtreiben und mit Äxten und Messern zusammenrotten?«

Er starrte ihr ins Gesicht. Ihre Unverschämtheit erschütterte ihn.

»Was glotzt du denn?« fuhr sie ihn an. »Paßt dir wohl nicht, was ich sage?«

»Nicht nur, daß es mir nicht gefällt, es ist erstaunlich. Einfach erstaunlich, wie du nach allem, was dir widerfahren ist, noch so zu reden wagst. Aber es stimmt ja, du bist eine ...« Er brach ab, vollendete den Satz nicht.

»Na weiter, weiter, nur zu. Sag's ruhig, eine Rumtreiberin, ein Flittchen. Sprich es doch aus – eine Kollaborateurin und Tochter einer Kollaborateurin.«

Er sah sie verblüfft an.

Provokativ fuhr sie fort: »Mehr als das Äffischsein kann Gott dem Affen nicht mehr antun. Meine Mutter habt ihr abgeschlachtet, mich habt ihr kaputt gemacht und zusammengedroschen. Dabei vergeßt ihr aber, daß ich genauso gesessen habe wie ihr.«

»Du wurdest auf Kaution freigelassen.«

»Und Asem al-Marbut, wie ist der denn rausgekommen? Hoi, aber der stolziert vielleicht aufgeblasen herum! Es stimmt schon, wie man sagt: Zwei bittere Dinge beachtet keiner – den Tod des Armen und die Gaunerei des Reichen.«

Betroffen starrte er sie an. Unschuldiges Gesicht, böse Zunge, abscheuliches Tun! Wer würde glauben, daß ein solches Gesicht zu solchen Worten fähig wäre!

Sie redete weiter, immer aufgebrachter klang ihre

Stimme: »Mal angenommen, ihr hattet eine Rechnung mit meiner Mutter zu begleichen – mit welchem Recht zieht ihr mich dann zur Verantwortung?«

»Weißt du das wirklich nicht?«

»Wie soll ich's denn wissen?«

»Aber du bist ihre Tochter.«

»Und mein Bruder ist ihr Sohn.«

»Du hast mit ihr gelebt, bestimmt wußtest du Bescheid.«

»Von dem Tag an, als ich aus dem Gefängnis kam, habe ich mich nicht mehr um Politik geschert und will mich auch nicht mehr darum scheren. Weshalb sollte ich mich einmischen und bloß in Schwierigkeiten bringen? Wegen so einem wie al-Marbut, der nach oben steigt, wo es mit mir nur bergab geht? Aber geh mal hin und frag nach, wer von uns gestanden hat.«

»Jetzt ist keine Zeit, um zu fragen und alte Geschichten auszugraben.«

»Warum dann gerade meine Geschichte?«

»Wegen deiner Mutter! Deiner Mutter!«

Sie kreischte hysterisch: »Wieso setzt ihr mich bei ihr auf die Rechnung und nicht bei ihm?«

»Wegen dir und diesem Haus.«

»Was ist denn mit dem Haus? Seit der Intifada kam kein fremdes Vögelchen hereingeflogen.«

»Dafür vor der Intifada jeden Tag eins.«

»Unter anderem dein Vater.«

Er sprang auf. Seine Hand schnellte hoch, ohne daß er sich dessen bewußt war. »Schluß, aus! Daß du ja nicht den Namen meines Vaters in den Mund nimmst!«

Sie hob den Arm, um den Schlag abzufangen. So standen sie, jeder in seiner Positur, und starrten einander an. Schließlich plumpste er auf das Kanapee. »Verschwinde von hier«, stieß er keuchend hervor.

Sie ließ den Arm sinken, sah ihn an. Aber er schaute nicht zu ihr hoch.

»Verschwinde«, röchelte er wieder wie ein Erstickender. »Los, sag ich dir, hau ab.«

15

Er kam zu sich. Was hat die Intifada nur aus uns gemacht? Ist das wirklich die Intifada? Oder all die Anspannung, das Umherirren, die Verwirrung? Ein Krieg ist das. Um so schlimmer, daß die Leute es nicht für einen Krieg halten. Aber wie soll man das, in dem wir jetzt stecken, denn sonst nennen? Weil wir der Gegenseite nichts antun können, fangen wir an, uns selber weh zu tun. Ich erhebe die Hand gegen eine Frau? Doch wenn sie nun weiter über den Vater hergezogen wäre? Aber verdient er es etwa nicht? Doch, er verdient es. Allerdings nicht von einer wie Nasha. Männer wie sein Vater werden nicht durch so einen Disput bezwungen. O ja, er ist geizig, jawohl. Und grausam, jawohl. Reaktionär, egoistisch, opportunistisch und ein Wucherer. Aber kein Kollaborateur! Das müssen Nasha und ihresgleichen erst mal kapieren. Spitzeltätigkeit ist nicht dasselbe wie Handelstätigkeit. Auslieferung junger Männer ist keine Warenlieferung. Bodenverkauf ist kein Menschenhandel.

Die Sache mit dem Boden war eine reine Verdächtigung, die niemals bewiesen wurde. Und auch nie bewiesen werden würde. Wer sollte sie denn beweisen?

Er erinnerte sich. Damals, als sein Vater das Grundstück in Sawata verkauft hatte, um das Haus fertigzubauen, kam sein Onkel, der Berater, aus Kuweit angereist. Da flogen die Fetzen! Er war ja noch klein, zu klein, um zu begreifen, was wirklich vor sich ging. Alles, woran er sich erinnerte, war, daß der Onkel ihr Haus verließ und nach Bab as-Saha umzog, zu Tante Sakija. Nachher sah er, wie sie hin und her rannten und in die Gästezimmer liefen. Sie schlossen die Türen und schrien mit lauten, schrillen Stimmen: »Der Boden, der Boden!«

All dieses Geflüster, Augenzwinkern und Anschuldigen bewies überhaupt nichts. Deshalb wäre es grundverkehrt, die Angelegenheit zum jetzigen Zeitpunkt wieder aufzuwärmen. Solche wie Nasha, die würden das ausnutzen, und dann hieße es gleich: »Einer taugt soviel wie der andere. Wir verkaufen für Schekel, und ihr verkauft für Dinare. Wir verkaufen für lumpige Piaster, und ihr für Tausende.«

Zum Ersticken war ihm zumute, er hatte Durst. Aber er ging nicht in die Küche. Von ihrem Wasser sollte er trinken, ihren Eisschrank öffnen?

Der Widerhall ihrer streitenden Stimmen kreiste noch gleich einem Mückenschwarm um seinen Kopf. Wie eine Feuerzunge hatte seine erhobene Hand gezittert. Hoch schlug sie auf ... und fiel in sein eigenes Herz zurück. Sein Kopf, sein ganzer Körper brannte. Und seine Kehle. Wie gern hätte er einen Tropfen Wasser getrunken!

Er dachte an die Tage im Gefängnis, in al-Faria, an die würgende Hitze. Dachte an die Zelle, die Visionen, das Stöhnen der Kameraden. »Leg deinen Körper ab. Leg ihn ab, wie man seine Klamotten auszieht.« Das hatte Samech gesagt. »Dein Körper ist jetzt im Gefangenenlager, doch die Seele läßt sich nicht fassen. Genausowenig wie ein Windstoß.«

Wieder kam er zu sich. Ich bin gefangen. Sakinas Haus ist mein Gefangenenlager, und Nashas Verfehlungen halten mich fest. Das Viertel, von Militär umzingelt. Der Kontrollpunkt. Die Eisenbarriere.

Er trat an das alte Fenster, zog den Vorhang beiseite und starrte hinaus. Doch er sah nichts als finstere Nacht und die Mauer der Gasse. Halb verdurstet, wie ausgebrannt, stammelte er: »Sahab, Sahab!«

Zweifache Gefangenschaft

16

Tage vergingen, ohne daß sie ihn ansprach oder nur in seine Richtung sah. Sie servierte ihm das Essen zur festen Zeit, am festen Platz und verschwand schnell wieder. Er hörte ihr Rumoren in den großen Zimmern und im geräumigen Salon. Alle Geräusche schienen weit entfernt, gedämpft, ohne Resonanz, ohne Widerhall, denn die Fenster blieben geschlossen, ebenso die Vorhänge. Hätte es nicht die Klappen an den Oberlichtern gegeben, sie wären wohl in der verbrauchten Luft erstickt. Draußen war es noch nicht warm. Der Winter nahm gerade erst Abschied. Regenschauer kündigten sein Ende an, und die Blätter am Zitronenbaum raschelten, daß einem angst und bange werden konnte.

Eines Tages fiel ihm auf, daß sich die Zweige stärker bewegten. Das Geraschel hörte gar nicht mehr auf. Da, ein leises Pochen an der Gartentür. Nasha stand an der Frisiertoilette, der große Perlmuttspiegel reflektierte ihr Bild. Von seinem Platz aus konnte er beobachten, daß sich ihr Gesicht vor Angst verzerrte und ihre Augen starr wurden. Sie sah nicht zu ihm her, verharrte in ihrer lauernden Haltung.

Das Klopfen wurde nachdrücklicher, dann flüsterte eine leise Stimme: »Nasha. Mach auf, Nasha. Ich bin es, Samar.«

Sie schaute zu ihm herüber. Mit der Hand gab er ihr Zeichen, daß sie ein wenig warten solle. Er stand auf und zog sich in das andere Zimmer zurück, ließ aber die Tür einen Spaltbreit offen. Samar trat ein. Durch den Spalt sah er, wie sie an der Tür stand und ihr langes, feuchtes Haar zurückwarf.

Munter plapperte sie drauf los: »Was ist, hast du mich nicht gehört? Na, erst mal: Guten Morgen. Wieso hast du nichts bemerkt, wo ich schon seit einer Stunde bei dir klopfe!«

Er hörte nicht, daß Nasha etwas erwidert hätte, sah aber, daß sie Samar einfach stehenließ und in die Küche ging. Mit Handtuch und Wischlappen kam sie zurück. Den Lappen warf sie auf den Boden und sagte kurz und bündig: »Das ist für deine Füße und das für die Haare.«

Samar lachte. »Und wenn ich's umgekehrt mache?«

Nasha reagierte nicht auf den Scherz. Todernst erwiderte sie: »Das ginge auch.«

Samar rieb sich die Füße ab und frottierte ihr Haar, während sie noch immer an der Tür stand. Nasha klärte sie nun auf, wieso und warum sie so lange gebraucht hatte, um zu öffnen. Schließlich sei die Gartentür ziemlich weit vom Sitzplatz entfernt, und außerdem werde diese Tür nur ganz ausnahmsweise benutzt.

Samar unterbrach sie: »Und ich bin so eine Ausnahme.«

Sie wurde gewahr, daß in ihren Worten eine Anspielung auf Nashas Isolation und die ausbleibenden Besuche durch die Nachbarn liegen könnte, deshalb setzte sie rasch hinzu: »Mein Anliegen ist ja auch nicht gerade gewöhnlich. Jedesmal, wenn ich eine aufsuche, dauert es eine geschlagene Stunde, bis sie mich ausgefragt hat, warum und weshalb und wie und was. Sieh, meine Liebe, es handelt sich um folgendes: Ich arbeite an einer Studie über die Auswirkung der Intifada auf die Lebensbedingungen der Frau, im Alltag oder sonstwie. Hat die Intifada ihre Verantwortung erhöht? Veränderte sie die Art und Weise ihrer Tätigkeit? Ich meine ... ich meine, wirkte sich die Intifada auf ihre wirtschaftliche Situation aus? Verringerten sich ihre Einkünfte? Und wenn sie geringer wurden, wie kommt sie damit zurecht?«

Nasha zeigte sich völlig unbeeindruckt. Schroff unterbrach sie Samar: »Und was geht mich das an?«

Samar stockte für einen Moment, fuhr aber dann impulsiv fort: »Ich bin nicht zum Spaß zu dir gekommen. Vielleicht sagst du mir erst mal: Bitte, tritt ein. Willst du mich denn nicht reinbitten?«

Kühl und spöttisch streckte Nasha die Hand aus. »Wenn du mir die Ehre erweisen möchtest, o bitte sehr.«

Samar überflog den Salon mit einem raschen, prüfenden Blick. Am Speisetisch, neben der Frisiertoilette und der Gartentür, blieb er hängen. »Hier, hier ist es gut. Vielleicht könnten wir uns ein Täßchen Kaffee kochen, bevor wir uns niederlassen. Hast du Kaffee da?«

»Arabischen oder Nescafé?«

»Du hast Nescafé? Ich glaub, Nescafé im Winter, das hat Atmosphäre. Was meinst du?«

Kurz angebunden sagte Nasha: »In Ordnung.«

Die beiden verschwanden für ein paar Minuten in der Küche und kehrten dann, jede mit einer dampfenden Tasse, zurück. Wie gern hätte Husam auch so eine Tasse gehabt und mit ihnen zusammengesessen! Doch er blieb, wo er war. Nur von ferne durfte er ihnen zuhören und zusehen.

Samar erklärte abermals, wie wichtig ihr Vorhaben sei und daß es dazu beitragen könne, die Dimensionen der Intifada und die Rolle der Frau und so weiter und so fort zu verstehen. Aber Nasha zeigte keinerlei Entgegenkommen. Also fing Samar wieder von vorn an, immer eindringlicher und nachdrücklicher, bis Nasha ihr grob dazwischenfuhr.

»Schon gut, schon gut, hab's kapiert. Ich will dir bloß gleich eins sagen, ich schere mich einen Dreck um die Intifada und einen Dreck um die Frau und um die Leute. Frag mich nicht, weshalb, und was noch alles. Dabei tust du, als wüßtest du nicht Bescheid. Du weißt es ganz genau, und ich weiß es auch, und das ganze Viertel weiß es. Nach alledem, was hier abgelaufen ist, kümmere ich mich um niemanden und frag nach keinem mehr. Ich bin eben ein gebranntes Kind.«

Fassungslos senkte Samar den Kopf. Es herrschte Schweigen.

Doch urplötzlich änderte Nasha ihre Meinung. »Oder weißt du was?« sagte sie. »Nun bist du gekommen und hast keine Mühe gescheut. Schließlich bist du ja in Ordnung, hast ein gutes Herz. Du gehörst zu denen, die zurückgrüßen, wenn ich ihnen guten Morgen wünsche. Ich will es dir vergelten. Ich lasse mich herab und tu, was du möchtest.«

Samar lächelte nachsichtig: »Du läßt dich herab?«

Nasha machte eine Handbewegung, als wollte sie eine Fliege verscheuchen. »Meine Liebe! Schreib das bloß nicht auf. Nasha rutscht alles Mögliche heraus. Nimm's nicht so ernst.«

»Du wirst auf meine Fragen antworten?«

»Auf jede. Frag, was immer du möchtest. Von mir aus nach der Zahl meiner Kunden, ihren Namen, ihren Adressen, und wie viele Gören und Weiber und Moneten die haben. Ich gebe dir Auskunft, brauchst nur zu fragen.«

Samar blickte ihr ins Gesicht, ihre Augen glänzten vor Aufregung und Sensationslust. »Im Ernst?« rief sie begeistert.

»Im Ernst, frag nur drauflos.«

Eilig sortierte Samar ihre Papiere.

Sie keuchte.

Auch Husam fing an zu keuchen, die Neugier hatte ihn mit Haut und Haar gepackt.

Eifrig und lebhaft sprudelte Samar los: »Zuerst frag ich dich das übliche Zeug nach deinem Alter, deiner wirtschaftlichen und sozialen Lage, Kindheit und Probleme, und nachher reden wir dann über die Intifada.«

Vollkommen gleichmütig meinte Nasha: »Frag, was immer du willst.« Dabei starrte sie weiter apathisch auf die Wand.

Samar schlüpfte in die Rolle der Soziologin. »Name?« fragte sie.

»Ich heiße Nasha, das weißt du doch.«

»Nasha, und was noch? Oder soll ich deinen Namen lieber nicht eintragen?«

»Trag ihn ein. Trag ein, was du willst.«

»Nein, lassen wir's. Dein Alter.«

»Siebenundzwanzig.«

»Dann bist du ja ein Jahr älter als ich!«

Sie sagte nichts dazu, so fuhr Samar fort: »Zahl der Familienmitglieder?«

»Sieben.«

»Brüder und Schwestern?«

»Meine Mutter ist tot, wie du weißt. Mein Vater ist tot, das weißt du auch. Drei Schwestern und zwei Brüder.«

»Sind deine Brüder und Schwestern alle am Leben?«

»Und wie, hochkarätig! Die beiden Schwestern sind in Zarqa und Saudiarabien verheiratet, Gott schütze sie.

Mein großer Bruder ist nach Amerika abgehauen, und der kleine ist in die Berge geflüchtet. Und ich, wie du siehst, ich sitze hier herum.«

»Wohnst du allein im Haus?«

»Allein und ungebunden. Ich frag nach keinem, und keiner fragt nach mir.«

»Deine wirtschaftliche Lage?«

»Aha, jetzt geht's ans Eingemachte.«

»Du mußt nicht antworten, es ist freiwillig.«

»Wieso sollte ich nicht antworten? Nein, ich werde mehr als nur antworten. Hör gut zu, meine Liebe. Vor der Intifada haben wir ganz hübsche Piasterchen gemacht. Jetzt, mit dem Verfall des Dinar, Preisanstieg und Arbeitsausfall ist die Lage kritisch geworden. Nicht übermäßig, aber doch. Na ja, meine Situation ist immer noch viel besser als bei anderen. Vergiß nicht, ich lebe allein, gehe nirgendwohin, und das Haus ist unser Eigentum. Da bleiben keine Ausgaben als das bißchen täglich Brot. Trotzdem ist es nicht mehr dasselbe. Früher hatte ich ein schnittiges Auto, einen roten BMW. Damit bin ich rumgekurvt, bis sie ihn mir angezündet haben. Das weißt du doch! Und nachher haben sie meine Mutter abgeschlachtet, und so war das eben.«

Sie verstummte und wartete auf weitere Fragen. Samar starrte sie abwesend an und versuchte, die volle Tragweite ihrer Worte zu begreifen.

»He, was möchtest du noch wissen?«

Samar kam zu sich und sah in ihren Papieren nach. »Deine soziale Situation?«

»Was soll das sein?«

»Damit ist gemeint: Bist du verheiratet, ledig oder was anderes?«

»Was anderes.«

»Was heißt das?«

»Das heißt, ich bin geschieden.«

»Du warst verheiratet und bist geschieden?«

»Wußtest du das nicht?«

»Nein, wußte ich nicht, woher auch?«

Nasha schaute sie an, ein spöttisches Lächeln umspielte ihre Lippen, als wollte sie sagen: Mich willst du reinlegen? Verklapse 'ne andere.

»Wirklich, ich wußte das nicht. Glaub mir!«

»Schon gut. Gut, ich glaub dir. Wenn's einem auch schwerfällt zu glauben, daß eine aus Nablus, und noch dazu aus Bab as-Saha, nicht alles über alle wissen sollte! Ganz besonders über die Bewohner dieses Hauses!«

»Glaub mir, ich wußte nichts davon.«

»Na schön, geschenkt.«

»Wie alt warst du, als du geheiratet hast?«

»Fünfzehn.«

»Was?« schrie Samar auf. »Fünfzehn Jahre?«

»Wieso nicht? Ist das was Besonderes? Die Hälfte der Mädchen heiratet bei uns in dem Alter, sogar noch jünger.«

»Wie hast du geheiratet?«

»Wie alle Leute. Sie haben mich unter einen Schleier gesteckt, aufs Podest gesetzt und mir was vorgesungen und vorgetanzt.«

»Nein, nein. Ich meine, wie du geheiratet hast. Also, ob deine Heirat traditionell war.«

»Das war eine ganz legale Scharia-Heirat nach der Sunna Allahs und seines Propheten, mit Vertrag und Scheich und Gericht. Ich sag dir doch, wie bei allen Leuten.«

»Nein, ich meine, ob der Bräutigam zu euch kam und auf traditionelle Weise bei deinen Eltern um dich angehalten hat. Oder ob er dich geliebt hat, ob du ihn geliebt hast.«

»Von wegen Liebe! Der hat doch keinen Schimmer, was Liebe ist! Ich und den lieben? Wenn der mir bloß einfällt … Der böse Blick soll ihn siebzigmal treffen!«

»Langsam, langsam. Also, du liebtest ihn nicht?«

»Meine Liebe, was soll diese Fragerei? Einer, der fünfundvierzig Jahre alt und groß wie ein Maulesel ist und dann ein fünfzehnjähriges Mädchen heiratet – wie kann der wissen, was Liebe ist? Kann der überhaupt begreifen, was Liebe bedeutet?«

»Sollte man nicht ausschließen.«

»Was soll das nun wieder heißen?«

»Ich meine, es ist nicht gesagt, daß einer, nur weil er schon alt und groß wie ein Maulesel ist – also daß der nicht zu lieben versteht oder geliebt werden könnte. Als der Prophet unsere Herrin Aischa heiratete, war er sechsundfünfzig Jahre alt, und sie war neun.«

»Du lieber Gott! Das hör ich zum erstenmal! Ist denn so was möglich!«

»Wie ich dir sage. Er war sechsundfünfzig, und sie war neun. Aber die Liebe, die er für sie empfand, konnte keine andere von seinen Frauen erringen.«

»Der hat's eben verstanden.«

»Und dein Mann nicht?«

»Ein Vieh war das! Bei Gott, ein Vieh, dem fehlte bloß der Schwanz. Ich war ein unschuldiges Täubchen, an dem noch die Eierschalen klebten. Gott vergebe meiner Mutter, was soll ich sonst über sie sagen.«

»Deine Mutter hat dich verheiratet?«

»Als mein Vater gestorben war und wir vor dem Nichts standen, hat sie uns an jeden Hergelaufenen verheiratet. Hinter unserem Rücken hat sie uns an alles, was da kreucht und fleucht, für nichts und wieder nichts verscherbelt.«

»Vielleicht aus Armut …«

»Das war nicht nur aus Armut. Das war auch, entschuldige, aus Blödheit. Von dem, was ihr selber zugestoßen ist, hat sie reineweg nichts gelernt. Jede von uns hat sie ins Unglück gestürzt, eins ärger als das andere. Meine Schwester Sabihe verkuppelte sie als Nebenfrau, und die andere Schwester, die Amine, hat sie einem richtigen Idioten gegeben, der ihr das Leben zur Hölle machte. Mich verheiratete sie mit einem alten, blöden Kerl. Jede von meinen Schwestern hat eine ganze Herde Kinder, die haben ihnen noch den letzten Nerv geraubt und sie fix und fertig gemacht.«

»Und du?«

»Ich hatte auch einen Jungen. Der lag noch in den Windeln, als ich ihn bei seinem Vater abgesetzt habe und abgehauen bin.«

»Wohin bist du geflohen?«

»Mit einem Friseur bin ich durchgebrannt. Aber wie sich herausstellte, war er genauso ein blöder Kerl. Zwei Monate später hat er mich sitzenlassen.«

»Hier in Nablus?«

»Nein, in Amman. Ich war doch in Amman verheiratet. Als mich der Friseur sitzenließ und mir klar wurde, daß ich vom Regen in die Traufe gekommen war, kehrte ich ans Westufer zurück.«

»Weshalb bist du überhaupt mit ihm geflohen?«

»Zu der Zeit dachte ich halt, daß ich ihn liebe. Ein Friseur, so hübsch war er, und redete mit libanesischem Akzent, ein Armband trug er auch! Ich war ja blutjung und sehnte mich, jemanden zu lieben und geliebt zu werden. Ich habe ihn geliebt, wenigstens glaubte ich das. Mein Mann war ein richtiger Idiot und ein sturer Bock. Trotzdem wurde ich verleumdet, und niemand ist in Gottes Namen für mich eingetreten. Da habe ich eben meinen Sohn verlassen und meinen Mann dazu.

Was leicht zu tragen war und Wert hatte, ließ ich mitgehen und machte mich davon.«

»Hast du gar nichts bedacht und berechnet?«

»Was denn berechnet? Für mich gab's weder Mathematik noch Algebra. So bin ich nun mal, ich fürchte nichts, und ich berechne nichts. Mein Lebtag war ich so. Was mir in den Sinn kommt, das tu ich. Schon in der Schulzeit. Wenn wir eine Demonstration vorhatten, bin ich über die Schulmauer gesprungen und hab die Kinder rausgeholt, überall, aus der Salahija, Dschahes, Amerija und wie die Schulen alle heißen. Die Kinder nannten mich nur die Wilde. Einmal, jetzt erzähl ich dir was, da wirst du lachen. Es war am Tag des Bodens, und ich – wieder über eine Schulmauer weg. Ich landete auf dem Sportplatz und schmiß mit Steinen herum. Der Direktor kam zu mir herausgerannt. Er trug einen Stock und watschelte beim Gehen. Wie der mich sah, klatschte er sich mit der flachen Hand auf die Glatze, fuchtelte mit dem Stock herum und schrie: ›He du Wilde, dich haben wir wohl beim Lotto als Niete gezogen? Warte, dir werde ich's zeigen! Wenn du keinen Vater hast, der dich erzieht, ich erzieh dich schon!‹

Ich schaute ihn mir an. Seine Glatze glänzte wie ein Spiegel in der Sonne. Der Bauch war aufgepumpt, praller als ein Wasserschlauch. Das Gesicht wie Teer, schwärzer als ein Affe. O je, dachte ich bei mir, worauf bildet sich dieses Wundertier eigentlich soviel ein? Dieser eitle Glatzkopf, dieser aufgeblasene Wasserschlauch, diese affige Mißgeburt – und gibt wer weiß wie an! Von mir soll der was erleben! Ich sah mich um. Vor mir standen die Kinder an den Fenstern und äugten wie die Mäuschen durch die Scheiben. Hinter mir stand der Hausmeister und wässerte gerade den

Garten. Ich raste hin, riß ihm den Schlauch aus der Hand, und dann genau auf die Glatze des Direktors gezielt! Dazu hüpfte ich herum und rief: ›Saufe saufe Teufelsbraten, durch dich ging Palästina baden!‹ Die Kinder grölten, rissen die Fenster auf und stimmten ein: ›Saufe saufe Teufelsbraten, durch dich ging Palästina baden!‹ Ich lenkte den Strahl auf sie. Nun brach das Chaos aus, und es ging über Tische und Bänke weg. Der Direktor verfolgte mich, während ich Haken schlug und das Wasser, volles Rohr, auf ihn richtete. Die Kinder kamen herausgestürmt. Sie schubsten einander und rissen dabei den Schlauch von der Leitung. Ich fürchtete, der Direktor könnte mich doch noch kriegen, und flitzte durch die Pforte auf und davon, der Schlauch schlenkerte hinterdrein. Der Hausmeister sauste mir nach und brüllte: ›He, du Wilde, gib den Schlauch her! He, Wilde, gib den Schlauch her!‹«

Samar brach in Lachen aus, hielt sich die Augen zu und wiederholte immerfort: »Das gibt's nicht! Das gibt's doch nicht!«

Ohne zu lachen oder nur zu lächeln, fuhr Nasha fort: »Von dem Tag an rief mir jedes Kind auf der Straße nach: ›He, du Wilde, gib den Schlauch her, he, du Wilde, gib den Schlauch her!‹«

Husam schüttelte den Kopf hinter der Tür und lächelte wehmütig. Du bist also diese Wilde! Er erinnerte sich genau an die Szene, als wäre sie eben erst passiert. Er drängelte sich zwischen den anderen Schülern hinter der Scheibe. Dann schrie er mit, bis er heiser war. Diese Kleine mit der blauen Schürze und den offenen blonden Haaren war demnach niemand anders als Nasha gewesen. Wie hatte er das alles nur vergessen können?

Samar feuerte sie begierig an: »Und nachher?«

»Nachher hat sich der Direktor bei meiner Mutter beschwert, und ich bekam meine Tracht Prügel. Aber was hat's genützt? Er war nicht der erste, der sich beschwerte, und nicht der letzte. Deshalb hab ich's ja auch gar nicht fassen können, wie sie mich rausgeschmissen und verheiratet hat. Was soll's, möge sich Gott ihrer erbarmen und ihr gnädig sein. Möge er ihr vergeben, was immer sie angerichtet hat.«

»Die Beziehung zu deiner Mutter war also unproblematisch?«

»Unproblematisch? Sprich normal mit mir und sag, was du meinst. Frag mich, ob ich sie geliebt habe, ob ich ihr gehorcht, ob ich sie geachtet habe. Wenn du mich so fragst, sag ich's dir.«

»Liebtest du sie?«

»Ja, ich habe sie geliebt, warum soll ich lügen? Bis jetzt weine ich um sie. Was sie auch von ihr sagen, ich kann das nicht glauben. Meine Mutter, eine Kollaborateurin? Unmöglich! Als ich damals eingesperrt war, hat niemand zu mir gehalten. Nur sie. Die Leute ließen mich allesamt links liegen, Asem, dieser Mistkerl, eingeschlossen. Nur sie allein hat mich nicht im Stich gelassen. Von der ersten bis zur letzten Minute. In alles war sie eingeweiht, und wenn sie hätte reden wollen, hätte sie reden können. Hat sie aber nicht.«

Und ob sie hat! Am liebsten hätte Husam, so laut er konnte, geschrien. Noch und noch hat sie geredet!

Aufgeregt sprach Nasha weiter: »Wenn man sie vor ein Gericht gestellt hätte, wäre es klar geworden. Es gab ja keine Verhandlung, was kann man da schon sagen!«

Kopfschüttelnd, schweigend hörte er zu. Wir haben ihr den Prozeß gemacht, und sie hat gestanden!

»Hätte sie gewollt, sie hätte was zu sagen gehabt.

Aber weder ich noch sie haben ausgepackt. Asem al-Marbut, ja, der hat gequatscht. Verpfiffen hat er uns, einen nach dem andern.«

»Und du hast zwei Jahre bekommen und wurdest auf Kaution freigelassen«, kommentierte Samar.

»Aha, das weißt du nun wieder!«

»Keiner, der das nicht wüßte und darüber redete. Aber nun laß uns erst mal unsere Gedanken ordnen. Kehren wir zu deiner Kindheit zurück.«

»Was ist mit meiner Kindheit?«

»War sie glücklich oder unglücklich?«

»Wenn ich sagen würde, glücklich, wär es gelogen. Und wenn ich sagen würde, unglücklich, wäre es auch gelogen. Bloß mein großer Bruder hat mich immer verdroschen.«

»Der in Amerika ist?«

»Eben der.«

»Weshalb hat er dich geschlagen?«

»Er sagte immer, ich sei rotzfrech und unverschämt.«

»Wie konnte er so was von dir sagen?«

»Der blanke Neid. Ich war hübsch, eine junge Dame, vollkommen wie der Mond. Jedem, der mich ansah, lief das Wasser im Mund zusammen.«

»Und bis jetzt bist du schön!«

»Was hast du denn schon gesehen! Ja, ganz am Anfang, da konnten mir weder Nadschla Fathi noch Mirfat Amin noch Suhair Ramsi das Wasser reichen. Ich habe getanzt, wunderbar getanzt! Schauspielerin wollte ich werden, wußte bloß nicht, wie. Weshalb sollten die Schauspielerinnen schöner sein als ich? Ich verlangte immer, daß meine Mutter etwas schneidert. Dann mauste ich eins von diesen Fähnchen, die so schön glitzerten, und schlüpfte hinein. Ich putzte mich heraus und schnürte mir die Taille zusammen. Stellte mich vor den Spiegel und legte einen Bauchtanz hin! Das Radio voll aufgedreht, die Musik schallte bis in den Himmel. Meine Mutter kam herein. Wie sie mich so tanzen sah, setzte sie sich nieder und sah mir zu. Sie freute sich und vergaß alles auf der Welt. Plötzlich, wie aus der Erde geschossen, steht mein großer Bruder da, geht auf mich los und vertrimmt mich. Wie ein Verrückter schreit er herum, ich sei eine Schlampe, eine Rumtreiberin und noch solche Ausdrücke. Meine Mutter versuchte, ihn zu beruhigen. Nun brüllte er sie an: ›Daran bist nur du schuld! Du hast ihr das ganze Getue und Getanze und die Unverschämtheiten ja erst beigebracht!‹ Lieber Gott! Wir konnten es kaum fassen, als er wirklich nach Amerika ging und wir die Plage los waren. Er hat uns das Leben vergiftet und sich obendrein als der frömmste Scheich aufgespielt. Wenn er sich doch wenigstens selber ordentlich aufgeführt hätte! Aber nein, der trieb sich nur herum, jobbte drüben in Israel und brachte Weiber mit. Die hingen im Garten rum und kifften bis zum Morgen. Nichts als Blödsinn, und dann spielte er sich auf. Wirklich, das Nachtleben war genau das Richtige für den!«

»Und dein anderer Bruder?«

»Achmed meinst du? Der war damals noch klein, konnte kaum laufen. Als unser Vater starb, Gott erbarme sich seiner, wurde Achmed noch gestillt, und ich war erst zehn. Von dem Tag an, wo er gestorben war, veränderte sich unser Leben, alles wurde anders. Meine Mutter wurde anders, mein Bruder wurde anders, ich wurde anders. Unser Haus wurde anders. Zwei, drei Jahre saßen wir herum und waren auf Almosen angewiesen. Meine Mutter hatte ja überhaupt nichts Brauchbares gelernt. Weder verstand sie sich richtig aufs Nähen noch aufs Sticken. Sie konnte keine

Arbeit machen, die was einbrachte, außer fegen, wischen und Fenster putzen. Ihr Leben lang hatte sie nie gearbeitet, deshalb wurde es nichts mit der Schneiderei und Stickerei oder sonst irgendwas. Bei Leuten Dienst tun wollten wir auch nicht. Also ging es uns ziemlich dreckig. Meine Mutter nahm meinen Bruder von der Schule und ließ ihn als Tüncher und Anstreicher arbeiten. Er ging nach Israel rüber und verplemperte, was er verplempern wollte, und gab uns ab, was er abgeben wollte. Er begann, Haschisch zu rauchen, und nachher riß er aus nach Amerika. Wir konnten zusehen, wie wir allein auf der Welt zurechtkamen.«

»Und als du fünfzehn Jahre alt warst, hat sie dich verheiratet?«

»Nein, warte mal ab. Bevor ich heiratete, habe ich gejobbt.«

»Als was?«

»Zuerst habe ich Mandeln geknackt, dann war ich in der Bäckerei bei deinen Brüdern und danach beim Fotografen im Studio Sisi.«

»Im Studio Sisi hast du gearbeitet?«

»Allerdings.«

Samar verstummte. Sie suchte sich zu erinnern, was sie alles über dieses Etablissement gehört hatte: Weiber, Nacktfotos, Prostitution. Zu guter Letzt Spionage. Sie zeigte keine Regung und sagte nichts mehr.

Nasha verblüffte sie: »Bestimmt möchtest du wissen, was ich da gemacht habe.«

Schnell fuhr ihr Samar dazwischen: »Nein, nein, jetzt reden wir nicht über das Studio Sisi. Später.«

»Wann später?«

»Später eben.«

Nashas Stimmung schlug um. »Nein«, beharrte sie, »gerade jetzt will ich darüber reden.«

Samar mußte lächeln. Die beiden Frauen fixierten sich gegenseitig mit abschätzenden Blicken. Jede taxierte die andere. Herausfordernd fragte Nasha: »Was ist, ich gefalle dir wohl nicht?«

»Wenn du mir nicht gefallen würdest, wäre ich ja nicht hergekommen.«

Wieder sah Nasha sie prüfend an, betrachtete ihre feinen Gesichtszüge, die zarte Haut und die klaren Augen. Bekümmert schüttelte sie den Kopf: So seid ihr alle, du und Husam und Asem al-Marbut, eben alle. Außen hui und innen pfui. Ihr alle, allesamt!

Samar versuchte, das Thema zu wechseln. »Du sagst, du hättest bei meinen Brüdern in der Bäckerei gearbeitet?«

Nasha verzog nur die Mundwinkel und antwortete kurz angebunden: »Ja.«

»Was hattest du da zu tun?«

»Biskuit mit Dattelmus. Ich habe die gepreßten Datteln entkernt, mit Zimt verknetet und alles zum Füllen zurechtgemacht.«

»Und weshalb bist du weggegangen?«

Nasha schwieg eine Zeitlang, als ob sie mit sich selbst zu Rate gehen müßte.

Samar drängte sie: »Warum gingst du weg?«

Nasha machte eine abwehrende Handbewegung. »Die Frage kannst du streichen«, sagte sie, hintergründig lächelnd.

Samar wurde nun erst recht neugierig und bohrte nach: »Sag mir doch, warum. Ich trag's auch nicht weiter.«

Wieder fixierte sie Nasha, von Zweifeln hin- und hergerissen. Sie verspürte starke Rachegelüste. Dabei konnte sie sich selbst nicht erklären, woher und warum sie plötzlich über sie gekommen waren.

»Nein, ich möchte nicht darüber reden.« Sie schaute in die Richtung, wo Husams Schlafzimmer lag und kniff den Mund zu.

Enttäuscht meinte Samar: »Wie du willst.« Sie blätterte in ihren Papieren herum, um sich zu beruhigen, und fuhr dann fort: »Ganz wie du möchtest. Jede Frage, die dir nicht gefällt, beantwortest du nicht.«

Nasha taxierte sie wieder und lächelte ironisch. He, aber nicht mit mir!

Sie betrachtete die Formulare, die vor dem jungen Mädchen lagen, den Kugelschreiber in ihrer Hand. Sie wurde wütend. Eine wissenschaftliche Studie? Laß uns doch mal nachschauen, was du wirklich von mir willst! Bestimmt möchtest du zu gerne rauskriegen, warum ich so eine geworden bin. Bestimmt willst du wissen, warum das mit meiner Mutter passiert ist und warum es mit unserem Haus soweit gekommen ist. Eine wissenschaftliche Studie? Fühlen uns hochgeehrt!

Sie beschloß, ihr eins auszuwischen. »Es stimmt ja«, sagte sie verschlagen, »damals war ich noch sehr jung. Aber nicht auf den Kopf gefallen. Ich überlegte mir, wenn es schon sein mußte, daß ich so was arbeite, warum soll ich es in einer Bäckerei und mit Bäckern treiben? Warum nicht auf Niveau?«

Samar riß die Augen auf. Vollkommen überrascht fragte sie: »So was arbeiten? Was denn für eine Arbeit?«

Nasha grinste und biß sich auf die Zungenspitze. »Na, eben so was!« zischelte sie. »Weißt du's denn nicht?«

Samar antwortete nicht, starrte sie nur weiter an. Husam hinter der Tür begann zu zittern. Er spürte, daß sich die beiden in ihrem Spiel nicht ebenbürtig waren. Die eine war ein naives Mädchen und die andere ein ausgekochtes Weibsstück. Vielleicht war sie im Grunde nicht wirklich schlecht, sondern nur durch die ganze Situation und die Ereignisse schlecht geworden. Vielleicht waren ja die Ursachen viel komplizierter, als einige annehmen würden. Aber das Resultat war in jedem Falle dasselbe. In dieser Lage, auch wenn man sich in einen stillen Winkel verdrückt, wäre es nicht angebracht, das Gewand eines Heiligen anzulegen. Keine Zeit für Maria Magdalena und die Sache mit der linken Wange. Du steckst jetzt in der Sackgasse, der Weg ist versperrt, und du wirst verfolgt. Opfer bist du und Henker. Und wenn sie dich nun durch die Hand deines Opfers erledigen? Nein, opfere sie, für die Zukunft! Samar mußte unbedingt gerettet werden. Bloß wie?

Er vernahm Samars Stimme. Sie klang ein wenig rauh, als hätte sie auf einmal Schnupfen bekommen.

»Ich verstehe dich ja und sehe ein, daß dein Leben sehr schwer ist. Aber bitte, begreif du mich auch, so wie ich versuche, dich zu verstehen.«

Am liebsten hätte er laut geschrien: Du bist ihr nicht gewachsen, Samar! Du bist ihr nicht gewachsen! Doch er blieb still sitzen, die Hände gebunden, die Zunge gelähmt.

Samars Stimme bebte, als sie gefühlvoll und aufrichtig sagte: »Ich vertraue den Menschen, Nasha. Ich glaube an dich und glaube an unser Viertel und das ganze Land. Willst du mir nicht auch vertrauen, Nasha?«

Nasha schaute sie an. Sie erwiderte nichts, dachte aber voller Abscheu: So ein Blödsinn! Diese Edelsuse hat mir gerade noch gefehlt!

Samar kam in Fahrt. Ihre Stimme wurde lauter, sie ereiferte sich. »Wenn du mir nicht vertrauen willst, steht dir das frei. Ich vertraue dir. Denk ja nicht, daß das so ist, weil ich eine überlegene Position hätte. O nein, ich stamme weder von Schweitra noch von Blibos. Aus Bab as-Saha komme ich, und ich habe mir die Sohlen an den Pflastersteinen in dieser Gasse abgelaufen. Als deine Mutter euch früher verbot, mit uns im Viertel zu spielen, da steckten meine Brüder und ich noch knietief im Schlamassel. Es ist wahr, ich bin bloß eine Bäckerstochter, und meine Brüder sind nur Bäkker. Es stimmt, sie leben von Gottes Gnade und vom Ertrag des Backofens. Unsere Familie wird nur die Bäckersippschaft geheißen. Also, du redest hier mit der Tochter eines Bäckers. Und die steht ganz zu deiner Verfügung.«

Nasha machte einen Rückzieher. »Aber weshalb redest du so mit mir? Was habe ich denn gesagt?«

Samars Gesicht war vor Aufregung hochrot, doch sie versuchte, ihre Fassung zu bewahren. »Anspielungen«, antwortete sie kühl. »Hab's schon begriffen.«

»Was hast du begriffen?«

»Was ich eben begriffen habe. Vergiß es.«

»Na so was, wie ich sehe, bist du eingeschnappt! Ich wollte dich nicht ärgern, nur deshalb habe ich nicht gesagt, warum ich bei deinen Brüdern gekündigt hatte.«

»Nasha! Vergiß es!«

»Versteh mich doch nur!«

Es herrschte Schweigen. Husam rutschte zu Boden. Die Spannung wich von ihm: Gott sei Dank! Er überlegte ein bißchen hin und her, dann nickte er lächelnd: Gott sei Dank.

Wieder spähte er durch den Spalt, um die Mienen der beiden zu prüfen. Samars Gesicht sah er im Profil, messerscharf war es geschnitten. Überrascht und beunruhigt dachte er: Ist das wirklich Samars Gesicht? Noch einmal schaute er hin, um sich zu vergewissern. Diesmal sah er gar nichts. Ihr feines Haar fiel seitlich über ihr Gesicht und verdeckte es völlig. Er beobachtete, wie sie mit den Fingern hindurchfuhr und, den Kopf zur Schulter geneigt, alles nach hinten schob. Jetzt sah er das ganze Gesicht, nicht nur die eine Seite. Verblüfft starrte er sie an.

Als sie zu sprechen begann, streckte sie die Hand aus und berührte die Schulter ihrer Gefährtin. »Was hältst du von einer Pause?«, fragte sie freundlich.

Da sie keine Antwort bekam, bat sie etwas nachdrücklicher: »Was meinst du, machen wir nochmals Kaffee?«

Ungerührt verzog Nasha das Gesicht und sagte: »Einverstanden.«

17

Die beiden Frauen tranken den Kaffee in der Küche, diesmal war es arabischer. Er schnupperte den Duft von weitem und wurde noch niedergeschlagener. Vor dem Streit mit Nasha konnte er es wagen, eine Tasse Kaffee zu verlangen. Aber jetzt, und das ging schon tagelang so, bekam er keinen Schluck Tee oder Kaffee mehr zu kosten.

Er blieb auf dem Boden hinter der Tür sitzen und wartete ab, was weiter geschehen würde. Schließlich kehrten die beiden zurück, lächelnd, in bestem Einverständnis. Abermals stieß er einen Seufzer aus und hoffte, daß das Gespräch nun in andere Bahnen laufen würde. Selbst wenn es nichts weiter von Bedeutung brachte, genügte es schon, wenn es zu Fragen anregte, wenn es ihn ablenkte und diese verfluchte Wunde vergessen ließ. Derlei Unterhaltungen waren jedenfalls angenehmer, als die schmerzende Wunde und die Stille dieses Hauses zu ertragen. Dieses bedrückende, schreckliche Haus mit seinen unseligen Erinnerungen und der abscheulichen Vergangenheit … Dieser Schmerz und diese Wunde …

»Na, dann frag schon«, legte Nasha lachend los. »Diesmal soll es nach deinem Willen gehen. Zum ersten bist du mein Gast, und zweitens bist du anders als sonst die Leute. Immerhin hast du dich getraut, mein Haus einfach so, aus freien Stücken, zu betreten.«

»Gibt es denn Leute, die nicht aus freien Stücken hereingekommen sind?« fragte Samar lachend zurück.

Nasha schielte zu Husams Zimmer hinüber.

»Na klar«, sagte sie spitzbübisch, «die gibt's!«

Husam grinste wütend. Dieses durchtriebene Weibsstück! Aber macht nichts.

Samar wurde ernst. »Bevor wir über die Intifada sprechen, wollen wir von etwas reden, das du richtig gern hast.«

»Was zum Beispiel?«

»Irgendwas.«

»Na, Leute oder Dinge?«

»Egal.«

Nasha überlegte ein wenig und antwortete bedächtig: »Auf der ganzen Welt gibt es nur zweierlei, das ich liebe.«

»Das wäre?«

»Das erste sind schöne Kleider, und das zweite ist mein kleiner Bruder Achmed. Oder umgekehrt, du lieber Himmel! Zuerst Achmed, dann die Kleider.«

»Und dein Sohn?«

»Mein Sohn ist schon lange tot. Das war zwei Wochen nach meiner Flucht. Ich habe überhaupt nicht um ihn gelitten. Der Schlag soll mich treffen! Wirklich, ich weiß nicht, warum ich nichts gefühlt habe! Mag sein, daß ich zu jung war, oder weil ich in den Friseur verschossen war und nichts von der Welt mitbekam. Was weiß ich! Es gab Stunden, da kam ich mir selber wie eine Wilde ohne jedes Gefühl vor, und ich fragte mich: Warum bin ich bloß so? Weshalb liebt mich niemand, und ich liebe auch niemanden? Daß mich keiner lieb hatte, war ja verständlich. Aber wieso war ich so gefühllos? Nicht einmal um den eigenen Sohn konnte ich trauern!«

»Aber den Tod deiner Mutter hast du doch empfunden«, meinte Samar voll Mitgefühl.

»Nicht bloß empfunden, tief getroffen hat er mich.«

»Und dann liebst du auch Palästina.«

»Blablabla ...«, machte sie verächtlich. »Palästina? Pah, daß ich nicht lache!«

»Wieso? Hast du nicht gesagt, du seist zu Demonstrationen gegangen?«

»Meine Liebe, Kindereien waren das! Wußte ich damals überhaupt, was ich tat? Das war doch nichts weiter als ein Herumrennen, Steine schmeißen, über eine Mauer klettern und mit Wasser spritzen. Kinderspiele, mehr nicht!«

»Aber nachher wurdest du inhaftiert.«

»Ja, bei Gott, ich habe ganz schön was abgekriegt. Trotzdem, verpfiffen hab ich keinen.«

»Ist das etwa keine Liebe?«

»Liebe und auch nicht Liebe. Liebe zu al-Marbut war das, nicht zu Palästina. Als ich mit der Politik anfing, war es nicht wegen der Befreiung der Gebiete. Da pfeif ich dir drauf! Das läßt mich kalt! Aber sobald ich mich in diesen Hundsfott verknallte, ging bei mir das Licht aus. Ich überlegte nur noch, wie ich ihn zufriedenstellen könnte. Der brauchte bloß zu sagen:

›Geh nach Natania‹, und ich ging. ›Geh nach Tel Aviv‹, weg war ich. ›Laß dich mit den Offizieren ein‹, ich tat es. ›Kauf Waffen‹, ich kaufte welche. ›Versteck Waffen‹, ich versteckte sie. Wenn er mir gesagt hätte: ›Geh an den Arsch der Welt, nach Indien und auf den Mars‹, ich hätte mich glatt aufgemacht. Ich liebte ihn halt. Ich sage dir, den habe ich richtig geliebt.«

»Wie den Friseur?«

»Mehr, viel mehr! Mehr als mein Leben und meine Mutter und das Tageslicht.«

»Auch mehr als Achmed?«

»Achmed, das ist was anderes. Achmed ist mein Bruder, mein Augenlicht. Mit meinen Händen habe ich ihn aufgezogen, genau wie einen Sohn. Achmed war der Kleinste von uns, und der Beste. Meine Seele ist er … Achmed … Achmed …«

Ihre Stimme zitterte, sie begann zu weinen. Auch Samar stiegen die Tränen in die Augen. Nach einer Weile faßten sich die beiden Frauen und wischten die Tränen ab.

Nashas Stimme vibrierte noch, als sie sagte: »Siehst du, was das für eine Welt ist? Wo ist Achmed gelandet, wo sind wir gelandet? Gibt's so was? Mein großer Bruder ist in Amerika verschwunden, Achmed steckt bei den Hirten in den Bergen, ich sitze hier in diesem Haus, und unsere Mutter liegt im Grab. Wär's doch ein Grab, aber das ist schlimmer als das Grab! Und dieses Haus, du siehst ja selbst, was daraus geworden ist! Ich bin lebendig hier drin begraben, genau so ist das.«

Husam schüttelte den Kopf und dachte voll Verzweiflung: Auch ich bin in diesem Grab gefangen.

Nasha ließ ihre Blicke umherschweifen und betrachtete die Samtvorhänge, die Möbel mit den Perlmuttintarsien, das Kristall.

»Wenn du gesehen hättest, wie dieses Haus früher mal war! Das strahlte nur so. Ein Paradies war das. Einfach herrlich! Nachts war es traumhaft schön ... Aber Vorsicht, glaub ja nicht, daß bloß Juden hier waren. Keiner in dieser Stadt, der sich nicht bei uns herumgewälzt hätte.«

Nachdenklich meinte Samar: »Eben wegen der Juden.«

»Nein, nicht nur die Juden sind schuld!« rief Nasha. »Da wird irgendwas angestellt, und gleich heißt es, die Juden. Wenn sie untertauchen, sagen sie, wegen der Juden. Wenn sie sich für ihre Situation schämen, sagen sie, ja die Juden! Doch nicht jeder, der hier ein- und ausgegangen ist, war ein Jude.«

Samar blickte sie wie erstarrt an. Was konnte sie tun oder sagen? Sollte sie sich etwa auf eine Diskussion mit Nasha einlassen? Sie schwieg, und Nasha sagte auch nichts mehr. Husam legte sein Ohr an den Türspalt, beinahe hätte er den Kopf hinausgestreckt. Aber er hörte nichts. Er bemerkte, daß Nasha zu ihm herschaute. Plötzlich sprang sie auf, stieß den Stuhl beiseite und rannte in ihr rotes Zimmer. Mit einem perlmuttbesetzten Kästchen kehrte sie zurück, stellte es auf den Tisch unter den Kronleuchter und öffnete es. Was für ein Gleißen von Juwelen und Diamanten! Sie hielt einen schweren Armreif in die Höhe. »Siehst du den? Von Hadsch Iskander. Und das hier? Von Doktor Osman. Und hier. Von Scheich Ishak. Guck mal das an. Vom Rechtsanwalt Madschid. Das hier, und das, und das ... alles von al-Marbut.« Sie schielte hinüber zur Tür, hinter der Husam saß, und stieß einen Seufzer aus.

»Ach, und nun schau mal nach oben. Dieser Kronleuchter, da über deinem Kopf, das Kristallzeug. Jetzt rate, von wem das stammt.«

Samar schaute hinauf, da hing ein prunkvoller Kronleuchter.

»Ich weiß nicht«, flüsterte sie.

»Von Herrn Wadschih Abdalkader.«

»Dem Bruder von Sitt Sakija?«

»Genau dem.«

Husam stürzte auf die Knie. Die Wunde platzte und begann zu bluten. Ach, du Tochter eines Hundes, du elende Hundetochter!

Samar konnte es nicht fassen. »Nein, das gibt's doch nicht! Dieser Geizhals! Wo doch jeder weiß, wie knickrig der ist!«

Hämisch warf Nasha ein: »Ja, mit seiner Frau und seinen Kindern und mit dem Land! Aber nicht mit mir! Hier, in diesem Hause, hat er sich selber vergessen. Hahaha ...«

Du Tochter eines Hundes! Totschlagen wäre noch zu wenig für dich!

Er beschloß, ihr Haus zu verlassen, und wenn er auf dem Bauch hinauskriechen müßte. Aber die Wunde näßte und näßte. Wie sollte er da freikommen?

18

Plötzlich ein Dröhnen. Das Kristall am Kronleuchter klirrte. Nasha kreischte: »Im Namen Gottes des Erbarmers des Barmherzigen!«

Samar starrte sie an und wurde blaß. »Sie sind ins Viertel eingedrungen!«

Wieder ein Dröhnen. Die Fensterflügel schepperten wie bei einem Luftangriff.

Nasha kniff die Augen zusammen und lauschte angestrengt. »Das ist keine Razzia«, sagte sie.

Es krachte zum dritten Mal. Etwas stürzte zusammen. Steine schlugen ein.

»Die Sperre!« rief Samar begeistert. Sie sprang auf und drückte die Faust gegen die Brust. »Die haben die Sperre eingerissen, sie haben sie geknackt!« Sie stieß den Stuhl zurück und wirbelte im Salon umher. Auch Nasha stand auf. Von Neugier getrieben, rannte sie in die Küche. »Komm mit, laß uns nachschauen!« schrie sie.

Vom Küchenfenster aus sahen sie, daß die Barriere zerstört war. Nur die unterste Reihe war noch übrig. Wie verstümmelte Leichen lagen die zementgefüllten Fässer auf dem Boden. Um sie herum hüpften und schrien die Kinder: »Nieder mit der Sperre, nieder! Nieder mit der Sperre, nieder!«

Von Frau Sakijas Dach rief jemand herunter: »Rollt die Fässer weg! Rollt sie weg!« Die Gasse war vom Geschrei der Kinder und den Jubeltrillern der Frauen erfüllt.

Samar lugte durch die Jalousie und entdeckte einen Vermummten, der den Kindern vom Dach herunter Zeichen machte.

»Das ist Husam«, flüsterte sie. »Bestimmt ist das Husam.«

Amüsiert lächelnd, fragte Nasha: »Wirklich?«

»Aber sicher, Husam. Ganz bestimmt«, beharrte Samar.

Nasha lachte. Achselzuckend schnipste sie mit den Fingern. »Wenn du meinst. Dann ist es eben Husam.« Glucksend unterdrückte sie ein Lachen.

Wie ein Regenguß prasselten Steine herab. In der Nachbargasse hallten Schüsse.

Nasha öffnete eine Geheimtür hinter dem Eisschrank. Knarrend ging sie auf. Dahinter lag ein dunkler Raum, aus dem es nach Zwiebeln, Knoblauch und Speisevorräten roch. Nasha trat ein und tastete sich zur Wand vor, die auf den Platz zeigte. Sie klappte die Jalousie einen Spaltbreit auf, so daß ein spärlicher Lichtschimmer hereindrang. Der Himmel war düster, obwohl der Regen aufgehört hatte, die Sonne steckte noch unter der Wolkendecke. Samar folgte ihr. In der Mitte eines Gewölbes mit steinernen Bögen und niedriger Decke blieb sie stehen. Sie erkannte Regale, gefüllt mit Säcken, Ölkanistern und Knoblauchbündeln.

Sie befühlte die Wände. »Was ist denn das für ein Raum?« fragte sie neugierig.

»Das war mal ein großer Speicher«, erwiderte Nasha, während sie weiter interessiert durch den Spalt lugte. »Wir haben ihn geteilt und eine Vorratskammer draus gemacht. Die andere Hälfte liegt unter der Erde.«

Plötzlich schrie sie auf: »Oje! Die haben einen Juden umgelegt! Er ist tot! Tot!«

Samar lief rasch zu dem Lichtspalt. Nasha machte ihr Platz. »Sieh doch nur, sieh doch!« rief sie aufgeregt. »Wie Oliven haben sie ihn mit dem Vordach zermatscht. Der Vermummte, da auf dem Dach von Sitt Sakija, der hat ihn so zugerichtet. Du lieber Gott, was für ein Anblick!«

Sie hatte noch nicht zu Ende gesprochen, als Granaten aufheulten und Salven losballerten. Steine wurden himmelhoch über Bab as-Saha geschleudert, bis hinauf zur alten Uhr, an die Turmspitze, zu den Kuppeln der Moschee. Truppweise huschten Vermummte in alle Richtungen über den Platz weg, schlüpften durch die leeren Gassen, ihnen dicht auf den Fersen die israelischen Soldaten. Die Luft war von Gas verpestet. Nasha schloß den Lichtspalt. Sie griff sich eine Zwiebel, brach sie mit dem Fuß entzwei und gab Samar die

Hälfte ab. »Komm mit, nach drinnen«, rief sie und verließ den Raum.

Wenige Augenblicke später waren sie im Gästezimmer. Jede mit einem Zwiebelstück und einem Päckchen Zellstoff in der Hand, ließen sie sich auf das Kanapee fallen.

Die Auseinandersetzungen dauerten mehr als eine Stunde an. Sie wagten nicht, noch einmal hinauszuschauen oder die Jalousie zu öffnen. Überall stank es nach Gas, Rauch und Brand. Plötzlich brüllten die Lautsprecher los und verkündeten eine Ausgangssperre. Nach ein paar Minuten begann die Armee mit den Hausdurchsuchungen. Fenster und Türen wurden eingeschlagen, die Bewohner verprügelt.

Samar schaute sich in dem großen Zimmer mit seinem intarsiengeschmückten Mobiliar und den Samtvorhängen um. Ihr wurde bewußt, daß sie sich in Sakinas Haus befand. Die Ausgangssperre würde sie vielleicht für mehrere Tage hier gefangensetzen.

Angstvoll, fast entsetzt, murmelte sie: »Eine schöne Falle! So ein Mist!«

Nasha sah sie scharf an. Ihre Augenbrauen tanzten vor Vergnügen. Beinahe verzückt trällerte sie los: »Herzlich willkommen! Jetzt sind wir zu dritt!«

19

Er schlug die Augen auf und sah, wie sich die Gardinen bewegten. Schemen. Khaki. Schrankwände. Dann Feuer, Getöse von Kampfmaschinen, das Stöhnen der Kameraden. Der Kopf, schwerer als ein Felsbrocken. Und das Feuer loderte und loderte ohne Ende.

Samar legte eine neue Kompresse auf seine Stirn.

»Der Junge stirbt uns noch weg«, meinte sie ratlos. »Ein Arzt muß her.«

Nasha stand mit dem Rücken zum Spiegel am Schrank und betrachtete Husam. »So ein Pech aber auch!« seufzte sie bekümmert. »Konnte er nicht woanders sterben als ausgerechnet bei mir?« Als sie sich umwandte, begegnete sie ihren eigenen Augen im Spiegel. »Das ist alles Schicksal, du Ärmste«, murmelte sie. »Alles Schicksal.« Sie strich sich über das Gesicht und entdeckte eine winzige Falte in der zarten Haut um das rechte Auge. »Jeden Tag eine neue!« flüsterte sie resigniert.

Dieses Mal dachte sie nicht an eine Schönheitsoperation im Hadasa-Krankenhaus, wie sie ihre Mutter mehrmals hatte vornehmen lassen. Sie sann über ihr Leben nach, das ohne anzuhalten dahinfloß, über ihre Zukunft, die nichts als Streiks, Trauer und Ausgangssperren für sie bereithalten würde. Keine Beschäftigung, keine Geschäftigkeit. Kein richtiges Haus, keine Kinder. Kein Prinz, der sie aus der festgefahrenen Lage befreien würde.

Der junge Mann stöhnte auf. Nasha kam zu sich. Traurig erinnerte sie sich, wie er die Hand gegen ihr Gesicht erhoben hatte. Sie fühlte keinen Groll, nur Verzweiflung. So viel hatte sie gewünscht und gehofft. Was hatte sie nicht von ihm und seinem klugen Verstand gehört! Von seinem guten Herzen! Und seiner Liebe zur Tischlerstochter! Die war eine von der feinen Sorte, schritt einher und lächelte alle Leute an. Eben wie eine Prinzessin. Also mußte der Mann doch auch ein Prinz sein. Aber nichts dergleichen! Aufgeblasen war er, wie alle Kerle. Groß angeben, das konnte er!

»Hast du Essig da?« fragte Samar.

»Nein, Arrak hab ich.«

»Gut, dann gib mir Arrak. Vielleicht nützt er was.«

»Doch, der nützt, der nützt! Was Besseres als Arrak gibt's gar nicht.«

Er öffnete die Augen. »Wasser, Wasser«, stöhnte er. »Nur einen Tropfen Wasser.«

Samar rückte näher an ihn heran. Sie spürte seinen heißen Atem über ihr Gesicht streifen.

Freundlich sagte sie: »Ich bin es, Samar. Die Nachbarstochter.«

»Wasser, Wasser, nur einen Tropfen.«

Nasha brachte den Arrak, auch Wasser und einen Eimer mit Eis. Samar befeuchtete die Kompresse mit Arrak und geschmolzenem Eis, dann flößte sie ihm Wasser ein.

»Versuch zu schlafen«, sagte sie sanft.

Unterdessen brach Nasha in Klagen aus: »So ein Jammer! Ein Jammer, er ist noch so jung!«

Ratlos schüttelte Samar den Kopf. »Überleg mal, Nasha, ein Arzt muß kommen.«

Nachdenklich verzog Nasha die Lippen. »Wie sollen wir einen Doktor holen, wo doch Ausgangssperre ist?«

»Oder die Erste Hilfe?«

»Wenn die Erste Hilfe hier auftaucht, schnappen sie ihn. Ein Jammer, so ein junger Mann!«

Als sie in sein fieberrotes Gesicht schaute, bekam sie Mitleid und gestand: »Weißt du, ich habe direkt ein schlechtes Gewissen. Den ganzen Tag hat er nichts zu essen gekriegt.«

»Du solltest dich schämen! Hast du denn kein Herz!«

»Das war nicht Absicht. Ich war doch mit dir beschäftigt, und mit der Ausgangssperre.«

»Nein, das war absichtlich! Du haßt ihn, gib es nur zu!«

»Stimmt, ich habe ihn gehaßt. Aber nicht die ganze

Zeit. Erst als er die Hand gegen mich erhob, da bekam ich Haß auf ihn.«

»Und bis jetzt haßt du ihn.«

»Bei der Barmherzigkeit meiner Mutter! Nicht die ganze Zeit. Manchmal haßte ich ihn, und manchmal habe ich gut von ihm gesprochen. Was hab ich nicht alles von ihm und seinem Verstand gehört! Man redet nur das Beste über ihn.«

»Ja, das mag sein.«

»Na also, und warum bist du dann nicht in ihn verschossen?«

Völlig überrascht fuhr Samar herum.

Aber Nasha beharrte. »Jawohl, warum liebst du ihn nicht? Was ist schon dran an dieser Sahab! Bei Gott, du bist viel hübscher als die.«

Bekümmert schüttelte Samar den Kopf und murmelte vor sich hin: »Ach, leider Gottes, das ist alles nicht so leicht.«

»Was ist, glaubst du mir nicht? Nichts einfacher als das. Ich sag dir, wie du ihn überrumpelst.«

Samar schlug sich mit der Hand gegen die Stirn. »Das gibt's doch nicht, was denkst du dir nur!« rief sie entsetzt. »Komm, gehen wir raus, laß ihn schlafen.«

Sie zog Nasha an der Hand hinaus, aber die redete flüsternd weiter auf sie ein: »Nichts ist leichter, als ihn ihr wegzuschnappen.«

»Ihn wegschnappen?«

Sie vertrat Samar den Weg und hob die Stimme: »Genau das, ihn wegschnappen. Das heißt, ihn abspenstig machen, ihn ausspannen. Es ist doch so: Wenn unsereins nicht für sich selber sorgt, wer tut's dann?«

»Gott bewahre! Wie denkst du bloß!«

»Sei nicht dämlich! Wer ist denn diese Sahab? Sie ist viel älter als er, und du bist hübscher und jünger. Gerade jetzt, wo er fiebrig und schwach ist, da kannst du ihn mit Leichtigkeit rumkriegen.«

»Schluß mit dem Zirkus!« zischte Samar voll Abscheu. »Nicht möglich, was du für einen beschränkten Verstand hast!«

»Mein Verstand und beschränkt! Alle Frauen denken so.«

»O nein, nicht alle.«

»Gut, meine Dame, neunzig Prozent der Frauen.«

Samar kniff die Augen zusammen, während sie die Richtigkeit der Behauptung abzuschätzen suchte. »Nein«, flüsterte sie, »das kann nicht sein.«

Sie wollte sich an Nasha vorbeidrücken, aber die versperrte ihr den Durchgang.

»He, du dummes Weib. Hör auf mich, du gewinnst ja dabei. Wenigstens solltest du von deinem Aufenthalt hier profitieren und was Nützliches lernen.«

Samar lächelte nachsichtig. »Ich soll was lernen?«

»Ja doch! Lerne, wie du dich vorteilhaft kleidest und herausputzt und frisierst. Du brauchst nur auf mich zu hören. Bei Gott, der hält's nicht mehr als zwei Tage aus, und schon sitzt er dir artig an der Hand, wie ein Fingerhut oder Ring.«

Samar stieß sie freundschaftlich an. »Schön, aber jetzt mach Platz und laß mich gehen.«

»Gehen willst du? Fragt sich leider nur, wohin? Von diesem Ort gibt's kein Fort! Wir müssen miteinander auskommen. Keine ist besser als die andere!«

Samar nickte traurig. »Richtig, richtig. Bei Gott, richtig.«

»Richtig – ehrlich, oder richtig – nur so hingesagt?«

»Richtig – ganz ehrlich.«

»Wir kommen miteinander aus?«

»Es gibt ja kein Fort.«

»Keine besser als die andere?«

»Genau wie Schwestern.«

»Wenn deine Brüder dich hören, bringen sie dich um.«

»Das sollen sie mal.«

»Und Umm Sadek wird wütend auf dich.«

»Die beruhigt sich auch wieder.«

»Und Sitt Sakija redet nicht mehr mit dir.«

»Schließlich wird sie wieder reden.«

Verwirrt rief Nasha: »Aber warum das alles? Erklär mir, warum?«

Samar antwortete nicht, sah sie nur an.

Nasha klatschte in die Hände und schrie: »Du willst sagen, weil du an das Land glaubst und an die Menschen! Stimmt's?«

Samars Lächeln wurde breiter. »Stimmt.«

Nasha betrachtete sie staunend. Nein, die war nicht blöd, höchstens naiv.

Samar fragte zögernd: »Dürfte ich eine kleine Bitte äußern?«

»Sag erst mal, was, dann werden wir weitersehen«, erwiderte Nasha vorsichtig.

»Ob ich wohl ein Stückchen Brot und eine Tasse Tee haben könnte?«

»Der Schlag soll mich treffen!« kreischte Nasha. »Bei Gott, das hab ich total vergessen!«

Zum erstenmal fühlte sie wirkliche Zuneigung und beteuerte überschwenglich: »Der ganze Eisschrank gehört dir! Soll ich dir ein paar Eier braten? Möchtest du Suppe essen? Oder Anis trinken? Oder weißt du was? Magst du einen Arrak?«

Samar lächelte und hob mahnend den Zeigefinger. »Da sagst du nun, daß du gefühllos bist!«

20

Er öffnete die Augen und sah das liebe Antlitz seiner Tante vor sich. War das wirklich Nashas Gesicht? Und Samar war auch hier? Er lächelte mit den Augen. Sein Kopf war in weißen Mull gehüllt.

»Gott schütze dich! Alle Not ist zu Ende.«

»Tante!«

»Du, mein lieber Neffe. Ich werde dir jetzt eine Spritze geben und deine Wunde säubern. Morgen springst du wieder munter wie ein Pferd herum.«

Ein Pferd? Was für ein Pferd? Sie hatten sich zu zweit im Stall beim Vieh versteckt und zwischen Stroh, Kleinholz und Hammelkot genächtigt. Als er fiel, war er wie ein Gaul zusammengebrochen. Wie ein Rennpferd mitten im Wettkampf.

»Wenn das mein Bruder Wadschih wüßte, dieser Verrückte!«

Er lächelte sarkastisch. »Erwähne seinen Namen nicht«, flüsterte er. »Erinnere mich bloß nicht an ihn, ich möchte schlafen.«

»Soll ich dir einen Arrak holen?« fragte Nasha schnell dazwischen.

Frau Sakija fuhr herum und starrte sie an, sagte aber nichts. Doch Nasha hatte schon verstanden und lenkte ein: »Schön, dann eben Salbeitee.«

Die Frauen verließen das Zimmer, um dem Verwundeten Schlaf und Erholung zu gönnen. Als sie im Salon beisammensaßen, fragte Frau Sakija tadelnd: »Warum habt ihr ihn so vernachlässigt?«

Nasha sprang auf. »Wir hätten ihn vernachlässigt? Seit er mein Haus betreten hat, habe ich ihn nur noch bedient. Wenn er nicht so angegeben ...«

Samar unterbrach sie rasch: »Wir wußten ja nicht,

was wir machen sollten. Wir fürchteten, daß sie ihn finden, wenn wir die Erste Hilfe holen. Der Kontrollpunkt ist ganz in der Nähe, und dann noch die Ausgangssperre ...«

Frau Sakija nickte. »Na jedenfalls, Gott sei Dank. Sag: Nimmer trifft uns ein andres, als was Gott uns verzeichnet hat.« Sie betrachtete Nasha in ihrem schwarzen Rock und der weißen Bluse und meinte zufrieden: »Ja, meine Tochter. Das ist eine annehmbare Kleidung.«

»Was heißt hier annehmbar?« fragte Nasha lächelnd zurück.

»Das heißt, sie ist anständig und ordentlich und gibt dem Auge nichts preis.«

Nasha lächelte noch breiter. »Also soll ich mich immer so anziehen?«

»Töchterchen, gibt es denn etwas Schöneres, als sich anständig zu verhüllen? Na ja, Gott sei's gedankt. Jetzt will ich aufstehen und das Abendgebet verrichten. Hast du einen Gebetsrock und einen Teppich?«

Nasha wandte sich ab und brummte vor sich hin: »Nein, aber Kastagnetten und ein Bauchtanzkostüm.«

Samar hörte, was sie sagte, und rief schnell: »Alles Trockene ist rein, Hadscha. Nimm doch einfach das Handtuch hier.«

Sie ließen sie allein, damit sie ungestört die rituelle Waschung vollziehen und beten konnte, und gingen an die Zubereitung des Abendbrotes. Nasha rührte die Suppe auf dem Feuer um. »Du bist um deine Geduld zu beneiden«, sagte sie. »Wie kannst du ihre Beschränktheit nur ertragen?«

Samar wies sie zurecht, während sie den Salat mit Hingabe zerkleinerte: »Schäm dich, die alte Dame. Es gibt keine Bessere als sie.«

»Keine Bessere als sie?« Sie erinnerte sich an jenen Tag und was alles danach passiert war, Unglück und schlimme Dinge. Keine Bessere als die! Nach außen hin vielleicht, für die Leute! Aber im Innern war sie genauso wie alle. Auch der Versteckte, Gott schütze ihn. Außen hui, innen pfui.

»Wir müssen Geduld mit ihr haben, Nasha«, fuhr Samar fort. »Zwischen diesen alten Frauen und uns liegen Welten. Trotzdem sind sie Heil und Segen.«

Murrend rührte Nasha die Suppe. Heil und Segen! Was für ein Heil, und was für ein Segen? Gab es denn noch ein Heil nach ihrer Mutter? Einen Segen nach Achmed? Diese Alte. Nicht mal einen guten Morgen hatte sie ihr gewünscht, und jetzt nahm sie ihre Wohnung in Beschlag, wie schon vorher der Sohn ihres Bruders! Die verspeisen dein Essen, Nasha, und kacken dir hinterher aufs Tischtuch. Und immer herumpredigen, Gott bewahre mich! Wie es so schön heißt: Über uns Scheiße, unter uns Scheiße, und dann beklagen wir uns, wenn's danach stinkt. Fehlt nur noch, daß du Gott lobpreisen sollst! Deine Kleidung, Nasha, diese Aufmachung, wie du gehst, wie du stehst, wehe dir, Nasha! Bleibt bloß, daß sie dir Umhang und Gebetsrock überziehen. Diese feinen Herrschaften haben wohl ganz vergessen, mit wem sie eigentlich reden und wo sie sich befinden! Dies hier ist ein Bordell, warum sprechen sie es nicht deutlich aus? Ein Hurenhaus! Wo ihr gerade seid, das ist ein Puff! Das Essen, das ihr eßt, ist mit Hurerei verdient. Und sogar diese Suppe ist Hurensuppe!

Frau Sakija, die auf dem Ehrenplatz saß, leckte sich die Lippen. »Hm, deine Suppe ist aber gut, Nasha!« sagte sie. »Gesegnet deine Hände!« Nasha lächelte ohne ein Wort. Hurensuppe ist das, Hadscha! Hurensuppe!

Samar schob das Gespräch an. »Tante Sakija, Nasha ist wirklich klug und gut. Ich habe sie nur noch nicht richtig kennengelernt.«

»Und wer hat sie denn kennengelernt?« fragte Nasha ironisch.

»Das stimmt«, gab Samar bedächtig zu. »Eigentlich niemand!«

»Also ein Edelstein in der Hand des Kohlenhändlers!«

Samar ignorierte den Spott, und so setzte Nasha noch eins drauf: »Der Schatz im Misthaufen!«

Frau Sakija griff tadelnd ein. »Du solltest dich schämen, Töchterchen, so zu sprechen. Du stammst aus vornehmem Hause, nur die Zeit hat euch übel mitgespielt. Töchter von anständigen Leuten sollten die Menschen achten und lieben.«

Nasha schmiß ihren Löffel mitten auf den Teller. »Die Menschen lieben?« fragte sie scharf. »Wer hat uns denn geliebt, daß wir ihn wiederlieben? Von Anfang an, kaum daß wir in dieses Viertel gekommen waren, nahmen sie uns unter Lupe und Feldstecher. Was hatten wir schon angestellt? Aber nein, gleich hieß es, sie ist jung, ihr Mann ist alt. Sie ist aus Haifa, er aus Elad. Also Fremde, Zugereiste ohne Wurzeln. Die ist ja so hellhäutig und blond und blauäugig. Woher hat sie nur die helle Haut und die blonden Haare? Die Leute hörten nicht auf zu glotzen und zu klatschen, bis uns der böse Blick traf und Gott dem Haus die Männer raubte. Und als er sie genommen hatte, habt ihr euch da erbarmt, ihr guten Leute? O nein! Wenn sie nähte, geiferten sie: ›Jeh, siebzigmal soll sie der böse Blick treffen! Seht euch das an, die Blonde schneidert!‹ Wenn sie stickte, gackerten sie: ›Siebenfaches Unglück! Seht doch, die Blonde stickt!‹ Aber wenn sie die Laute spielte, kamen sie erst richtig in Fahrt und schrien:

›Allahu akbar, ihr Muslime! In unserem Viertel die Laute schlagen!‹ Ihr habt sie gehetzt und gehetzt, bis sie am Ende ihrer Kunst war und nicht mehr aus noch ein wußte. Da kommst du daher und sagst mir, liebe die Menschen? Wieso lieben? Wer liebt denn mich, daß ich ihn wiederliebe? Na, das sag mir mal!«

Bestürzt rief Frau Sakija: »Gott bewahre mich!«

Nasha schrie sie an: »Ich rede hier nicht von Gott und Mohammed und irgendwelchen Melonen aus Damaskus! Nach dem Viertel frag ich dich und den Leuten darin! Wem wäre schon was daran gelegen, daß ich hierbleibe?«

»Mir«, sagte Samar ganz ruhig.

Nasha sah sie an.

Hörte nicht auf, sie anzusehen.

Ernst, fast demütig, sprach Samar weiter: »Und Sitt Sakija und Husam, der da drin im Fieber liegt. Wir sind uns dessen nur noch nicht bewußt. Das Viertel ist eng, das Herz ist eingezwängt, und wir stecken in einer Klemme, wie es sie nicht zweimal gibt.«

Frau Sakija nickte bekräftigend. »Jawohl, bei Gott, genau so ist es. Gesegnet sei dein Mund!«

»Wenn wir uns dessen aber nicht bewußt sind, wie solltest du es dann wissen, Nasha?«

Nasha starrte sie an. Sie war durcheinander. Wahre Worte, sie schnitten ihr ins Herz. Sie zitterte. Paß ja auf, nachher kriegt sie dich mit dem Gerede und Gesäusel noch herum. Als ob ich nicht genug Trauer und Unglück aufgeladen hätte! Mir reicht vollauf, was ich habe.

Frau Sakija sagte: »Dein Bruder, der Achmed, ist der Beste von den Jungs. Sie werden gar nicht fertig, von ihm zu reden. Es steht dir zu, den Kopf hochzutragen und stolz zu sein.«

Sie schlug die Augen nieder. »Mein Bruder Achmed?« flüsterte sie.

»Und du auch. Hatten sie dich nicht eingesperrt?«

Unvermittelt sprang sie auf. »Wegen so einem Hundsfott!«

»Nein, Töchterchen, keine Schimpfwörter! Schäm dich, meine Liebe!«

»Deine Liebe? Aber ja, na klar, genauso wie eure ganze Liebe aussieht. Zeig mir einen einzigen, der mich richtig geliebt hätte! Sogar die Brüder von diesem Mädchen, die hier sitzt und daherredet und herumphilosophiert – ich könnte dir vielleicht was erzählen! Oder dein hochgeschätzter, lieber Bruder. Guck mal nach oben, da zu dem Kristallzeug, siehst du, wie es glitzert? Oder der sich dort drin versteckt, Gott schütze ihn. Kaum hatte er mein Haus betreten, schon hatte er was herumzutönen und zu befehlen. Und ich, die sich um ihn gesorgt hat wie um ihren Augapfel? Jetzt frag mich mal, was er nachher gemacht und gesagt hat.«

Frau Sakija versuchte, sie zu bremsen. »Mein Neffe ist gut, und er sagt nichts Schlechtes.«

»Also bin ich eine Lügnerin?«

»Pst! Sprich leiser, sonst wacht er auf.«

»Er wacht auf, wacht auf ... Soll er doch aufwachen!«

Samar griff ein, beruhigte sie: »Nein, Nasha, er ist verwundet und erschöpft. Er muß sich ausruhen.«

»Ach was!« schrie Nasha. »Soll er aufwachen und mich hören. Der kann ruhig aufwachen!«

»Aber er ist krank«, bat Frau Sakija. »Die Wunde geht tief, und er hat Fieber und Schmerzen. Laß ihn in Ruhe.«

Nasha schlug mit der Faust auf den Tisch. »Und ich? Wer schont mich?«

Sie rannte zu seinem Zimmer und blieb in der Tür stehen.

Er schlug die geröteten Augen auf und flüsterte kraftlos: »Sahab, Sahab, nur einen Tropfen Wasser!«

21

In der Nacht bauten sie die Barriere wieder auf. Aber diesmal war das keine Barriere mehr, sondern eine stabile Mauer, die sich von Frau Sakijas Haus bis zu Nashas Gärtchen hinzog.

Sie schafften eine gewaltige Mischmaschine herbei. Die Gasse und das angrenzende Gebiet waren in grelles Licht getaucht, wie bei der Eroberung des Weltraums. Von ferne erinnerte der Mischer an eine fliegende Untertasse. Die Leute standen an den Fenstern und lugten verstohlen hinter Jalousien und Gardinenspalten hervor. Als sie sahen, wie das Netz aus Gitterstäben emporwuchs und tonnenweise mit Zement verkleidet wurde, waren sie überzeugt, daß diese Absperrung bis zur Staatsgründung stehen würde, vielleicht sogar bis zum Jüngsten Tag. Sie hatten ja keine Ahnung, daß sie nicht einmal den nächsten Morgen erleben würde, daß sie wie mürber Festtagsbiskuit zerbröseln würde. Wer hatte das nur vollbracht? Jemand, der über allen Verdacht erhaben war.

Die Frauen hatten sich zusammengesetzt und die brisante Lage erörtert. Frau Sakija klagte über den langen Marsch, den sie jedesmal zurücklegen mußte, wenn sie nach Bab as-Saha hinein wollte. Bei der neuen Sperre gab es keinen Durchlaß mehr. Ein unüberwindliches Hindernis, das sie von ihren Nachbarn, dem Platz und der Moschee abschnitt.

»Und die Moschee?«

»Die Moschee und die Nachbarn können mir gestohlen bleiben!« rief Nasha. »Was mich angeht, ist die Mauer von meinem Haus! Was haben die sich an meiner Hauswand zu vergreifen? Das Ding muß weg!«

Frau Sakija schlug die Hände zusammen und rief Gottes Kraft und Stärke an: »Es gibt keine Macht noch ...«

Samar schaute sie an und fühlte Mutlosigkeit in sich aufsteigen. Sie war unter ihnen die Gebildetste, aber auch die Unfähigste und Schwächste. Was sollte sie antworten, wenn sie gefragt würde? Die Sperre steht nun mal, und damit hat sich's? Gebt Ruhe und seid zufrieden mit eurem Teil?

»Wenn doch Husam bei Bewußtsein wäre!« seufzte Frau Sakija. »Wenn er wach wäre!«

Nasha machte sich über sie lustig. »Na gut, und wenn er wach wäre? Sag mir, was könnte er machen?«

Samar stiegen die Tränen in die Augen. In ihrem Kopf ging alles durcheinander. Samech und Husam, Achmed und Sadek. Wer war noch übrig, was war aus den Jungs geworden? Samech war als Märtyrer gestorben, und Husam lag im Fieber. Achmed wurde gejagt, und Sadek war in seinem eigenen Haus gefangen. Alle saßen fest, und kein Ende in Sicht. Dazu die Ausgangssperre und der Kontrollpunkt und diese Sperre. Dieses Bollwerk!

Nasha rannte im Salon auf und ab, zornig wie eine Löwin.

Frau Sakija rang die Hände und murmelte vor sich hin: »Wäre er nur bei Bewußtsein! Wäre er bei sich!« Sie wandte sich zu Samar um und fragte besorgt: »Du bist so still, sag mal, was meinst du dazu?«

Nasha blieb stehen. Sie schaute Samar an und wartete, was sie sagen würde. Samar blickte von einer zur anderen und antwortete ruhig: »Ich denke darüber nach.«

Nasha grinste. Mit noch größeren Schritten lief sie im Salon hin und her. Samar fühlte sich gedemütigt. Diese Episode zeigte nur, daß sie schlapp machte, sobald es kritisch wurde. Was sollte sie Nasha jetzt sagen? Was Sitt Sakija? Welche Aussage konnte sie in ihrer Studie treffen? Die Frau ist schwach und unfähig? Oder sollte sie Sitt Sakijas Worte zitieren: ›Während der Intifada hat sich für die Frau nichts verändert als die Sorgen?‹ Oder Nashas Ausspruch: ›Blablabla, die Intifada, da pfeif ich dir drauf‹?

Nasha drehte sich um. Ihre Augenbrauen zuckten. Sie lächelte. »Überlegst du immer noch?«

Samar wandte den Blick ab und schluckte – wie ein zweischneidiges Messer rutschte das runter. Sie sah sich nach Frau Sakija um. Besser blind glauben als unverschämt denken. In diesem Gesicht, in diesem Herzen lag Segen. In dieser Hand war Liebe, wie nur Gott sie gewähren konnte.

Sie erhob sich von ihrem Platz und ließ sich neben Frau Sakija nieder. Ihre Augen trafen auf denselben matten Blick. Frau Sakija stockte in ihrem Spruch: »Wäre er nur bei Bewußtsein ...« Samars Gefühle übertrugen sich auf sie, und sie begriff sofort. Sie sah, wie ihr die Tränen herunterrollten, streckte die Hand aus und zog sie an sich.

»Alles wird wieder gut, Töchterchen«, flüsterte sie, »es wird schon werden.«

Sie spürte, wie sich der Rücken des jungen Mädchens verkrampfte und drückte sie an sich. »Schäm dich, Töchterchen. Du bist doch die Beste, ein wahres Prachtmädchen!«

Samar hob den Kopf und lächelte. Sie schämte sich ihrer Schwäche und wischte sie sich die Tränen ab.

»Du, und weinen!« rief Frau Sakija. »Als sie dich verprügelten und du nicht mal geschrien hast, dachte ich so in meinem Sinn: Dieses Mädchen, da kommt der beste Bursche nicht mit!«

Da kommt der beste Bursche nicht mit! Sie rief sich die Szene und die Geschehnisse von damals zurück. Ihre Mutter, Umm Mohammed, Umm Hamdallah, Fatma, Suad und die anderen Frauen des Viertels, allesamt oben auf dem Dach zwischen den Kuppeln, in Nachthemden, mit unbedecktem Haar ... Ein unvergeßlicher Kampf! Dieser Soldat unten im Kellerloch. Das Versteck der Jungs. Die Razzia.

»Weißt du noch?« fragte Frau Sakija. »Sie stießen dich die Treppe runter, und du bist genau vor mir auf dem Absatz gelandet.«

Sie trocknete sich die Tränen und lachte. »Natürlich weiß ich's. Wie könnte ich das vergessen?«

»Erinnerst du dich, wie du dir den Hintern gerieben hast und gleich wieder hinaufgerannt bist?«

»Natürlich erinnere ich mich. Kann man das je vergessen?«

»Weißt du auch noch, was du damals gesagt hast?«

»Nein, darauf besinne ich mich nicht.«

Frau Sakija sah sie geduldig und gelassen an. Ihr breites Lächeln wollte gar nicht aufhören. »Ich werd's dir nicht verraten, komm nur alleine drauf.«

Was hatte sie denn gesagt? Völlig vergessen. Einerlei, jedenfalls, Gott sei's gedankt, wir haben noch ein Fünkchen Grips im Kopf.

»Nein, ich erinnere mich nicht. Aber ich habe schon begriffen.« Nach einer knappen Stunde hatte sie den Plan in allen Einzelheiten fertig.

22

Sie verlangte den Gartenschlauch. Über offenem Feuer erhitzten sie Fleischspieße und durchstachen den Schlauch an die zwanzigmal. Nasha schaffte einen Sack Zucker herbei, und Samar schleppte ihn im Schutz der Dunkelheit auf die Dachterrasse. Zu zweit kippten sie den Zucker in den Wassertank und verrührten ihn.

Als sie fertig waren, meinte Frau Sakija: »Falls sie mich schnappen, ich habe einen Passierschein.«

Ohne Probleme schlüpfte sie aus Nashas Garten. Ließ sich vom Dach herunter. Befestigte den Schlauch am weichen Zement. Oben öffneten sie den Hahn. Das Wasser strömte heraus und zerspülte den Zement, bis er sich ganz auflöste.

Morgens erwachte die Gasse von Salven. Die Leute lugten hinter Scheiben und Gardinen hervor. Sie erblickten zwei Eisenstangen, eine kam von Frau Sakijas Haus, die andere aus Nashas Garten. Bei jedem Schuß rutschte der Zement wie Kleiebrei in sich zusammen. Binnen weniger Minuten war von der ganzen Mauer nichts als ein dürres Geflecht aus Eisenstäben übriggeblieben.

Die Kinder des Viertels liefen hinaus und rammten das Gestänge, bis es vollends umkippte. Freudentriller schallten durch die Gasse.

Eine Frau stand am obersten Fenster, eine leere Dose Butterschmalz in der Hand, und rief mit lauter, volltönender Stimme: »Antwortet, Kinder, antwortet mir: Nieder mit der Sperre!«

»Nieder!«

»Das freie Land …«

»Es lebe!«

»Los, ihr Kinder …«

»Freut euch!«

»Palästina unsere Braut …«

»Feiert sie!«

Die Kinder tanzten auf den Trümmern. Trotz des Ausgehverbotes flogen ringsum die Fenster auf. Die Frauen warfen kandierte Mandeln und Nougatstücke herunter. Die Kinder verschlangen alles und schrien begeistert. Ein Freudentaumel brach in der Straße aus. Es fing an zu regnen, doch die große Trommel tönte ohne Unterlaß. Bei Donnergetöse und pfeifendem Wind sangen die Kinder weiter. Der Gesang schwoll an, stieg empor. Dazu grollte und krachte der Donner. Aus allen Schleusen strömte das Wasser. Sprudelnd schoß es dahin und riß Zement und Straßenschmutz mit sich fort.

Die Kinder drehten sich jubelnd, reckten die Hände gen Himmel und skandierten wie verrückt:

»Wir brachen die Mauer …
weg ist sie!
Das freie Land …
ist unser!
Los ihr Kinder freut euch!
Palästina unser Staat …
von unsrer Hand!«

23

Als die Sache auskam, fingen sie mit den Durchsuchungen an. Genaugenommen war das keine Razzia, sondern ein systematischer, kollektiver Rachefeldzug. Alle Personen männlichen Geschlechts, von Kindern bis zu Greisen, wurden zusammengetrieben. Das Gesicht zur Wand, die Hände erhoben, mußten sie den ganzen Tag auf dem Platz stehen. In der Zwischenzeit errichteten sie eine Barriere mit Blöcken aus dem Steinbruch.

In Kranladungen schafften sie die Felsstücke heran und verrammelten den Zugang zur Gasse mit zentnerschweren Brocken. Keine Öffnung blieb, nicht einmal eine Katze hätte durchgepaßt. Als sie fertig waren, hoben sie das Ausgehverbot auf. Menschenmassen strömten auf den Platz und in den Khan der Händler, als sei der Tag der Auferstehung gekommen. Alles rannte los, um nur rasch die aufgebrauchten oder von den Soldaten ruinierten Vorräte zu ersetzen. Eilig transportierten sie das Nötigste nach Hause, bevor die Lage eskalierte.

Es war noch nicht zehn Uhr, da war es soweit. Die Hölle brach los. Aber schon um ein Uhr mittags war Nablus wie immer – eine Geisterstadt.

24

Nachdem die Ausgangssperre aufgehoben war, schlich Samar durch die Hintertür aus Nashas Haus und begab sich heimwärts. Unterwegs hatte sie tausenderlei zu bedenken. Was sollte sie antworten, wenn sie gefragt würde: Wo warst du? Wo hast du geschlafen? Von wem hast du Essen und Trinken bekommen? Konnte sie denn sagen, von Nasha? Da würden sie ihre Brüder gleich erschlagen. In so einer Situation waren Trotz und Frechheit nicht angebracht. Schließlich waren alle deprimiert und nervös, die Nerven zerbrechlicher als Stroh.

Was für ein schreckliches Chaos! Da, ein zerbrochenes Bufett. Die Glasplatte einer Speisetafel als Scherbenhaufen auf einem Tisch, der von einem Stuhl abgestützt wurde. Zerschlagene Teller, zerbrochene Gläser

… Anderes Zeug in einer Kiste, die die Abfalltonne ersetzte.

Sie hörte Geschirr in der Küche klappern. An der Tür stockte sie und beobachtete ihre Mutter, die am Becken lehnte und die Teller spülte. Sie stand auf einem Bein, das andere hatte sie angehoben, zur Erholung. Samar versetzte es einen Stich. Ihr wurde bewußt, daß sie die Mutter die ganze Zeit mit der Bürde des Haushalts allein gelassen hatte. Ihre Brüder rührten ja keinen Finger, außer sie langten beim Essen zu oder spielten Karten. Wie oft hatte sie mit ihnen diskutiert! Aber es war sinnlos. Der eine schnitt Grimassen, der andere spöttelte, und der dritte zog die ganze Sache ins Lächerliche. Das Ende war, daß sie davonlief und sich hinter den Kuppeln auf der Dachterrasse versteckte. Hier konnte sie lesen und nachdenken, hier begriff sie mehr und mehr von der Wirklichkeit. Sie war kein kleines Kind mehr! Was sie gestern noch auf die Palme gebracht hatte, verstand sie heute als kleine Episode in einer langen Kette aus Zivilisation, Geschichte, Aufstieg der Nationen, Geschlecht, Zermürbung und komplexer Repression. Dreierlei Unterdrückung war das, nicht bloß eine … und weil sie die Bäckerstochter Samar war, hatte sie eben dreifach zu tragen, nicht nur einmal. Ach, wie schwer war diese Last!

Ihre Mutter drehte sich um, sah sie in der Tür stehen und kreischte los. Sie hob die schaumbedeckte Hand und röchelte mit rauher Stimme: »Jetzt kommst du erst? Siebzigmal soll dich der böse Blick treffen!«

Sie versuchte, die Mutter zu besänftigen, aber ihr Geschrei wurde nur schlimmer. Nach und nach erfuhr sie, was geschehen war. Während ihrer Abwesenheit waren sie in die Wohnung eingedrungen und hatten ihre Brüder, die gerade daheim waren, abgeführt. Allein Sadek und Omar blieben verschont. Nach einem abgerissenen, keuchenden Bericht, der umständlichen Beschreibung aller Vorfälle, eingeschlossen Schwüre, Verwünschungen und Drohungen, begann das Verhör. »Wo warst du während der Ausgangssperre? Neun Tage! Gott soll dich strafen, neun Tage! Da ruf doch an, schreie, schick eine Botschaft, schreib einen Brief, spring vom Dach! Mach irgendwas, irgendwas auf der Welt, aber verschwinde nicht so spurlos. Was werden deine Brüder sagen? Siebzigmal der böse Blick! Was werden die Leute reden? Siebenfache Plage! Bei Gott, die machen dich fertig. Haben wir nicht schon genug Pech und Unglück aufgeladen? Nicht genug Jammer und Tränen? Da sollen wir uns auch noch um das gnädige Fräulein sorgen? Das hat uns gerade gefehlt! Wehe, wenn du was angestellt hast! Gnade dir Gott! Was erzähl ich deinen Brüdern, wenn sie fragen? Was soll ich Sadek sagen? Was sag ich Omar?«

Am Ende mußte Samar die Wahrheit eingestehen. Sie berichtete alles, was geschehen war, vom Klopfen an Nashas Tür bis zum »Gehabt euch wohl«.

Die Mutter schlug sich vor Verzweiflung ins Gesicht. »Siebzigmal der böse Blick! Reicht es nicht schon mit Nasha? Dazu noch Husam! So ein Skandal, du mißratenes Mädchen! Du und ihr Neffe im selben Haus? Unter einem Dach? Und in was für einem Haus? In Sakinas Haus! Wie hat sie geendet, du Bäckerstochter? Kapierst du nicht, was ihr Ende war? Ihr Ende wird auch deines sein, du Verrückte! Von dir sagen wir: Sie ist gebildet! Verständig und studiert! Aber was am Ende rauskommt, ist eine taube Nuß! Groß und dick, taktaktak … und nichts ist drin!«

Sie schlug sich die Wangen mit beiden Händen. Dann fiel sie stöhnend auf den Stuhl.

Samar war auf eigenem Gebiet geschlagen und flüchtete sich in ihr gewohntes Refugium. Tagträume und Gedankenspiele. Die Mutter hörte nicht auf zu keuchen und zu stöhnen, zu schreien und zu ächzen. Der Auftritt endete schließlich mit einem Anfall. Sie legte sich auf das Sofa und verkündete, ihr letztes Stündlein sei gekommen.

25

Samar sprang in ihr Bett und verkroch sich unter der Decke. Vor Wut und Angst zitterte sie. Sie war wütend auf sich selbst, weil sie sich fürchtete, und sie fürchtete sich vor ihrer Angst, weil ihr klar wurde, daß sie auch weiterhin in diesem engen Kreis verwickelter Beziehungen und Probleme gefangen bleiben würde. Hier, in diesem Hause, hatte sie das Gefühl, wie in einem Spinnennetz festzusitzen. Wo waren all die großen Ideen und Theorien geblieben? Vor einem Seufzer, einem Wort, einer Andeutung krachten sie sämtlich zusammen. Alles ließ sich auf den kleinsten Nenner bringen, der da hieß: »So eine Schande!« Wie oft hatte sie versucht, mit ihnen darüber zu diskutieren. Schließlich gab sie es auf. Die Spötteleien der Brüder waren nicht zu überbieten, wenn sie beim Kartenspiel zusammensaßen. Sagte sie: »Das ist Beschneidung der Freiheit!«, witzelten sie: »Bamieschoten schneiden ist Weibes Los«. Sagte sie: »Keine Zügel!«, dann lästerten sie: »Die rechte Frau will gezügelt sein.« Und wenn sie über »aufreibende Arbeit« klagte, fragten sie: »Was wäre ein Frauengesicht ohne aufgeriebenes Puder?«

Sie flüchtete sich vor alledem in die Universität, in den Verband, in ihre Studien. Ach, wie schwer war diese Last zu tragen! Je mehr sie begriff, desto schwerer schleppte sie daran, desto mehr fürchtete sie sich. Jetzt wußte sie, daß eine Veränderung auf diesem Gebiet nicht so einfach wie die Errichtung des Staates sein würde. Politische Dinge waren nicht dasselbe wie Moral, Religion oder Ästhetik. Politische Angelegenheiten konnten vielleicht eines Tages entschieden werden, was allerdings Sitten und Frauen betraf ... Lang ist der Weg, Schwester. Sie stand in der Versammlung und erklärte gerade: »Der Weg ist lang und schwierig.« Ein Mädchen, jünger als sie, aber Kent rauchend und mit Lederjacke, schrie: »Wir gehen doch schon auf diesem Weg!«

Ach, diese Töchter von Anwälten, Ärzten, Bürgermeistern und Kaufleuten! Im Sommer fielen sie von London und New York hier ein und kauderwelschten in ihrem dürftigen Arabisch drauflos. Statt »Unterdrückung« sagten sie »Umdrücken«, statt »Frau« sagten sie »Flau«, und für »Mann« gebrauchten sie nur »Chauvinist«. Wenn sie denen erklärte: »Der Weg ist lang«, riefen sie gedehnt: »Hier beschreiten wir ja schon den Weg!« Hier, in der Gasse? Hier, im Karijun-Viertel? Hier, in der Jasmina, im Khan der Händler? Hier, vor dem Brunnen für die rituelle Waschung, an der Moschee, mitten in Bab as-Saha? Schwerlich dürfte es selbst die Vorwitzigste wagen, solche Worte vor dem Kaffeehaus oder der Bäckerei auszuposaunen. Vor der Bäckerei – was würde wohl Sadek dazu sagen? »Diese mannstollen Weiber«, würde er aus tiefster Überzeugung versichern, »die finden bloß keinen, der sie auf den rechten Pfad bringt! Schickt sie nur zu mir, da hinter den Verkaufsstand, und Schande über mich, wenn ich sie nicht kuriere!«

Besetzung und Organisation? Was denn für eine

Organisation? »Du bleibst schön bei deiner Mutter und deinem Verband«, hatten ihre Brüder bestimmt. »Wenn du willst, bitte, dann forsche, mach mal ein, zwei Studien. Aber unter einer Bedingung: kein Hin und Her. Keine Demonstration, und kein hierhin und dahin schwänzeln. Wir fünf sind unser jeder wie zehn. Wir übernehmen die Verteidigung, wir übernehmen den Widerstand. Du hältst die Klappe, setzt dich ruhig hin und gibst dich zufrieden!«

Nun hatte sie nirgendwo mehr ein Plätzchen der Ruhe, der Behaglichkeit, des Herumtändelns. Geduld, Einsicht und Bitternis waren angesagt. Geduld, Einsicht und Liebsein. Und nochmal Geduld, Liebsein und Glaube. »Bamieschoten schneiden!« sagten sie. Sie hat dazu geschwiegen, hat gelächelt und sich nicht weiter darum geschert. Warum sollte sie sich mit so etwas belasten? Sie hatte ihre eigene Welt, die würden sie ihr nicht nehmen. Ihren eigenen Verstand hatte sie, und ihre eigene Bürde. Sie besaß die Geduld eines Kamels, die Haut eines Reptils, den Panzer einer Schildkröte. So sah die Realität aus, so und nicht anders.

Aber die Realität verändert sich. Manchmal läuft sie nicht mehr stetig dahin, sondern vollführt einen Satz, wie eine Katze. Die Intifada hat den Staub von uns geschüttelt. Ohne Vorwarnung ließ sie die Erde erbeben. »Zu keiner Demonstration!« Ihre Brüder waren perplex, als die Demonstrationen zu den Frauen kamen, und mitten ins Haus hinein. »Kein Rumtreiben, keine Liederlichkeit!« Aber die Liederlichkeit verfolgte die Frauen bis in die Schlafzimmer. Sie ließen sich auf Handgemenge ein. Sie schrien, stießen Beschimpfungen aus, legten sich mit den Soldaten an. Und alles im Nachthemd, mit unbedecktem Haar! Außer dem Land haben wir keine Religion! Ohne Absprache traten sie auf die

Straße. Krach und bumm! Religion der Revolution! Zu schlafen wäre Sünde!

Goldene Tage, wie eine Geburt. In der Revolution wird man hundertmal neu geboren, und man stirbt tausendmal, unzählige Male. So eine Revolution ist keine Rakete. Ein strömender, mächtiger Fluß ist sie. Manchmal stockt der Zufluß, der Regen bleibt aus. Dann hat der Fluß seine kritische Phase. Dünn und zittrig wird er, wie ein Seidenfädchen. Ein andermal wieder bricht er wütend aus wie ein Vulkan. Brüllend und reißend zerschmettert er alles. Flut Gottes! Zorn der Erde! Ach kurze Wut, kurz wie ein Sturm. Danach die Wende, und wieder die Phase, wo er ein zitterndes Fädchen ist. Die Revolution kehrt zur Realität zurück. Der Stein rollt talwärts in die Tiefe, und wieder wälzt ihn Sisyphus hinauf.

26

Sie schreckte hoch. Eine Hand schüttelte sie grob, Stimmen schrien auf sie ein. Dann Schläge.

»Wo warst du?«

Die Mutter zerrte ihn schreiend von ihr weg. »Sie hatte einen Auftrag! Laß sie los!«

»Was für einen Auftrag? Neun Tage!« Blindwütig schlug er ihr ins Gesicht, auf den Kopf, auf den Rükken.

»Hurenstück!« stieß er keuchend hervor. »Willst du so eine wie die Nasha werden? Bei Gott, ich bring dich um!«

Sie schrie nicht, weinte nicht, sagte kein Wort, wehrte sich nicht. Als die Soldaten auf sie einschlugen, hatte sie Widerstand geleistet, hatte die Hand mit einem Knüppel oder jedem Ding, das sie auf sie werfen konnte, erhoben. Aber jetzt war sie nicht mehr als ein kleines Boot, das von Wogen und Stürmen herumgeworfen wurde. Dieses Gefühl brennender Scham und völliger Vernichtung, von Nichtigkeit, Demütigung, Wertlosigkeit … Dieser Ekel vor allem, vor ihm und der Mutter. Und vor ihrem kleinen Bruder, der einfach dabeistand und zusah, ohne einen Finger zu rühren oder irgend etwas zu sagen. Ihre Heimlichkeiten, die Gedanken, die sie beide verbanden, alles war vergessen. Sie hatte ihm Bücher gegeben, damit er etwas lesen konnte, hatte Wolle gekauft, damit er etwas anzuziehen bekam, hatte ihm geholfen, wenn er Texte übersetzen mußte. Dieser kleine Bruder sah ganz ruhig zu, wie der große Bruder die Muskeln spielen ließ. Als er von ihr abließ, war sie ein einziges Wrack. Die Haare wüst durcheinander, die Schläfen geschwollen, blaue Flecken und Schwindelanfälle, verlöschende Sterne, die in ihre Augen stürzten.

Plötzlich erschallte der Gebetsruf, und ihr war zum Sterben zumute. Keine Besatzung, keine Armee, nicht mal alle Teufel der Welt hätten sie so zurichten können, wie sie zugerichtet worden war.

Entsetzen befiel sie. Der Wunsch zu fliehen, an den fernsten Ort, weit weg von ihnen, fort von allem irdischen Kleinkram. Sie verließ das Zimmer, hörte, wie sie sich im Wohnzimmer die Nachrichten im Fernsehen anschauten. Schleppte sich die Treppe hinauf, auf die Dachterrasse. Die Stadt war verdunkelt, nur hier und da ein paar Lichter. Obwohl die Sterne funkelten, war es bitter kalt. Klar und hell schimmerte der Himmel. Schallende Megaphone feierten die Selbstbehauptung der Stadt und den Sieg über Sperre und Mauern. In diesem Moment war die abgerissene Barriere nur noch wie ein altes Lied, ein antiquierter Film, fetzenhafte Bilder aus einem Traum. Die zerstörte Sperre, der Zement, und dieses Gefühl einer großartigen Leistung … Nashas Erinnerungen, Sitt Sakija, der verwundete junge Mann … All das schien jetzt weit entfernt, wie sehnliche Wünsche. Nur Entsetzen blieb, und ein Schmerz, als wäre sie von einem Felsen gestürzt.

Mit abwesendem Blick streifte sie die Stadt und schloß die Augen. Beinahe wäre sie gefallen. Sie stützte sich gegen das Geländer der Dachterrasse, um ihr Gleichgewicht zu behalten. Von hier oben konnte sie die neue Barriere sehen. Felsbrocken, die die Straße blockierten.

27

Nasha saß zu ebener Erde, an Husams Bett gelehnt. Sie betrachtete die Tante, die im Schneidersitz vor dem Ofen hockte und die gluckernde Wasserpfeife rauchte. Ihre Großmutter Umm Abdallah fiel ihr ein. Zu Mittag hatte sie alle Kinder rings um das Feuer gesetzt, hatte Möhren und Kartoffeln geröstet und dazu Geschichten erzählt. »Sitt al-Husn, wie schön du bist, wie schön du deine Spindel drehst. Dein Vater, der Dämon, füttert dich und mästet dich, in seiner Hochzeitsnacht, da frißt er dich …« Das war nun nicht gerade die beste Geschichte. Auch nicht die vom armen Waisenmädchen Darbise, die ihren Bruder eingebüßt und ihr ganzes Leben in Tränen und Klagen zugebracht hat. Aber Darbise, das schöne Mädchen mit dem weichen Haar und dem mondhellen Gesicht, sang so ergreifend mit ihrer zarten Stimme. Da weinten die Mädchen, auch Nasha. Sie barg das Gesicht in den Armen der Großmutter, wo es wundervoll nach Brot und Gebackenem duftete, und fragte: »Warum nur, Großmutter? Das darf doch nicht, darf doch nicht sein!« Wie konnte der Bruder einfach verschwinden und sie in Qual und Pein sterben lassen! Achmed, wo magst du wohl sein? Sie wischte ihre Tränen mit dem Zipfel des Ärmels ab und seufzte still vor sich hin.

Die Tante beobachtete sie und hörte mit dem Rauchen auf. Sei nachsichtig und vergib uns, Allerbarmer! Du lieber Gott, warum war ihr noch nie eingefallen, daß dieses Mädchen ganz allein dastand, daß sie vor Einsamkeit weinte, daß sie sich fürchtete und litt! War sie etwa nicht aus Fleisch und Blut? Nur weil sie Sakinas Tochter war? Weil sie aus dem verrufenen Haus stammte? Und selbst Sakina, was hatte sie schon angestellt? Ja, Umm Mohammed, Umm Hamdallah und Umm Sadek, die hätten gleich eine entschiedene Antwort parat, die hatten immer das letzte Wort. Aber sie ... Seit das verflixte Mädchen sie mit dieser Frage überfallen hatte, kam sie überhaupt nicht mehr zur Ruhe: »Wie können wir das entscheiden? Wie können wir sichergehen? Wo ist der Beweis? In der wissenschaftlichen Forschung« ... Der wissenschaftlichen, der wissenschaftlichen ... Wissen, meine Tochter, ist allein bei Gott, und keinem auf der Welt wird etwas anderes als sein Schicksal zuteil. Sakina ist tot, es war ihr Schicksal. Nasha lebt, und auch ihr Schicksal wird sich erfüllen. Schrecklich, wenn dir etwas passiert, du bist doch ein anständiges Mädchen! Es täte mir von Herzen leid um deine Jugend.

»Nasha?«

Sie hob den Kopf und sah zur Tante hin.

»Komm mal her, Töchterchen, komm her zu mir.«

Nasha zögerte, überlegte, ob die Aufforderung aufrichtig gemeint war. Aber die Tante streckte ihr die Hand mit Nachdruck entgegen. »Na komm, komm schon.«

Nasha kroch zu ihr, vergrub das Gesicht in ihren Armen und begann zu schluchzen. »Ich bin so allein, Hadscha. So allein.«

Frau Sakija legte segnend die Hand auf den Kopf der jungen Frau und rezitierte: »Leite uns den rechten Pfad, den Pfad derer, denen du gnädig bist, nicht derer, denen du zürnst, und nicht der Irrenden. Amen.«

Mühsam schlug er die Augen auf und erblickte das seltsame Bild. Sein Herz bebte. Aber das Fieber, die Schmerzen, die Khakifarbe … Wieder versank er in einem salzigen, bodenlosen Meer. Sein Rücken triefte vor Schweiß.

»Wie er so ins Haus trat«, sagte Nasha, »glaubte ich zuerst, Achmed sei zurückgekommen, um mich zu holen und mit mir fortzugehen. Weit weg vom Viertel, weg von diesem Haus, weg von den Leuten und ihrem Unheil. Wie sich herausstellte, lag ich falsch, immer liege ich falsch. Das ist eben so bei mir: Ich stell mir was vor, und dann glaube ich dran. Wenn mich doch Gott zu sich nähme und ich Ruhe und Frieden fände! Was hält mich denn noch? Ich bin bloß zu feige und halbherzig. Wäre ich wirklich und wahrhaftig stark, hätte ich schon längst Schluß gemacht und wäre erlöst.«

»Aber nicht doch, Töchterchen!« Frau Sakija streichelte ihren Rücken. »Sag nicht so etwas. Eine Sünde, so undankbar für die Gottesgabe zu sein. Du bist noch jung und schön, morgen findest du dein Glück.«

Nasha brach in Schluchzen aus. »Mein Glück?«

Ach, ihr Glück … Gottes Fluch soll dich treffen! Da hockst du in deinem Schaukelstuhl, in deinem Palast oben auf dem Berg. Deine Frau ist schwarz wie ein

Rabe, der fehlt nur noch der Schnabel. Das ist ja keine Nase. Bist du blind, mach deine Augen auf! Ein Schnabel ist das!

Er warf sich auf das Satinbett und lachte los, brüllte vor Lachen. Sie legte sich ins Zeug, ahmte sie im Spiegel nach. So geht sie, so zieht sie die linke Augenbraue hoch, wenn sie mit dem Verkäufer des langen und breiten verhandelt. Von oben bis unten prüft sie das Stück. Befühlt den Stoff. Äugt in die Falten, in den Saum. Dann auf das Firmenschild. Argwöhnisch erkundigt sie sich: »Ist das auch ganz sicher aus Frankreich? Bestimmt aus Paris?«

»Aber gewiß, gewiß doch! Fühlen Sie nur mal, schauen Sie, schauen Sie her, der Stoff, die Faser! Echte Kaschmirwolle, der Schnitt allerdings – von Christian Dior. Nur wegen der Steuer und der komplizierten Lage wurde die Bestellung ohne Etiketten geliefert. Erst gestern sind sie im Hafen eingetroffen, alles elegante Modelle, der letzte Schrei. Und von jedem Modell bloß zwei Stück!«

Sie reckte die Himmelfahrtsnase noch höher und sagte empört, fast zornig: »Von einem Modell darf es bloß ein einziges Stück geben, nicht mehr!« Ehrerbietig, beinahe unterwürfig, nahm er das Kostüm vom Bügel: »Zu Diensten, stets zu Diensten. Das nächstemal nur ein Stück. Aber nehmen Sie doch, schauen Sie, der Schnitt, beachten Sie die Knöpfe. Das steht nur, wem es zusteht. Ihrer geschätzten Person würde es anstehen. Nur eine wirkliche Dame kann das tragen.«

Als sie das Kostüm angezogen hatte und aus der Ankleidekabine trat, erblickte sie Nasha, die soeben den Raum gegenüber im gleichen Kostüm verließ. Ihre Augen wurden starr, ihre Nasenflügel bebten. Unverzüglich verschwand sie wieder in der Kabine.

Er prustete los, krümmte sich vor Lachen. Um ein Haar hätte er auf den roten Satin gepinkelt. Als er sich dann über sie warf, schwebte sie, flog auf, hoch über die Nase, den Schnabel, über die Wolken auf den Dächern, die Pinien auf dem Taborberg und die Wälder. Schließlich ließ er von ihr ab, und sie kehrte zurück, sank herab, während er noch immer keuchte und zitterte.

»Wäre ich wirklich und wahrhaftig stark, hätte ich Schluß gemacht und wäre erlöst.«

»Nein, Töchterchen, bitte Gott um Vergebung! Warum diese Undankbarkeit!«

»Wenn Achmed doch käme, und wär es für eine Stunde!«

»Du wirst sehen, er hat sich irgendwo in einem Loch, in einer Höhle, versteckt. Gott gebe ihm Kraft, Gott schütze ihn und schütze sie alle!«

»Kann er nicht wenigstens für eine Stunde kommen!«

»Seit wann ist er denn weggeblieben?«

»Seit er damals fortging.«

»Wann war das?«

»Gleich zu Beginn der Intifada ist er verschwunden. Manchmal, wenn ich auf der Straße einen Vermummten sehe, denk ich, vielleicht ist er es. Dann stellt sich heraus, er war es wieder nicht. Als meine Mutter umgebracht wurde, habe ich auch so einen Vermummten in der Gasse gesehen. Ich rannte ihm nach und fing an zu schreien: ›Achmed, Achmed!‹ Da drehte er das Gesicht weg und sagte: ›Ich bin nicht Achmed.‹ Aber er war es doch, warum hat er gelogen?«

Die Tante schüttelte schweigend den Kopf. Ihre Blicke begegneten den fieberroten Augen Husams. Sie strich über den Rücken des jungen Mädchens.

»Husam, er wacht auf!« flüsterte sie. »Rück ein bißchen beiseite.«

Wieder fielen ihm die Augen zu, und er sank in das salzige Meer. Sein Körper wurde leicht wie Straußenfedern, er schwebte mühelos, flog auf, segelte über Balkone und Plätze, über die Kuppeln der Öfen und der Moschee. In der Moschee gab es einen Brunnen, rein wie Jasminblüten, Steinpflaster, Fresienbeete und eine staubgraue Pflanze, Grauhaar des Propheten oder auch Stabwurz genannt. Die war hilfreich bei Steinleiden und Blasenschwäche. Der Scheich kochte sie ab und trank den Sud, allerdings ohne Erfolg. Er litt weiter an Nierenkoliken und, was noch schlimmer war, an Blasenschwäche. Achmed provozierte ihn: »Ich an deiner Stelle würde so was aber nicht trinken.« Der Scheich starrte ihn durchdringend an: »Und wenn ich an deiner Stelle wäre … Aber lassen wir das lieber … Du weißt schon.« Damit entschwand er durch die Arkaden, über die Steinplatten, und seine Dschubba blähte sich wie ein Segel.

Achmed saß auf den Stufen und stützte das Kinn auf die Hand. Sein Kinn war noch glatt wie seine Hand. Er war in Gedanken versunken. »Was ist mit dir, Achmed?« – »Nichts, gar nichts.« – »Was hast du, Mann?« – »Frag mich nicht.« – »Was gibt's denn, du Held?« Er drehte sich mit dem ganzen Oberkörper um, das Kinn blieb auf die Hand gestützt, und wiederholte in einem fort: »Wäre ich doch ein wirklicher Held, wär ich ein Held!« Von neuem tauchte er in das tiefe, salzige Meer.

»Wie alt ist er?« fragte die Tante.

»Kaum siebzehn.«

»Du wirst sehen, mein Kind, er weiß gar nichts davon.«

»Wieso nicht? Sogar mein großer Bruder, der Muawija, hat von dem Unglücksfall gehört und mir geschrieben.«

»Einen Brief hat er dir geschrieben?«

»Und angerufen und gesagt, daß ich kommen soll.«

»Warum gehst du dann nicht?«

»Und Achmed? Und das Haus?«

Die beiden Frauen verstummten. Die Tante kehrte zu ihrer Wasserpfeife zurück ... Ich an ihrer Stelle wäre geflohen. Was hielt sie denn hier? Sie wartet, daß Achmed zurückkommt? Wußte die Ärmste nicht, daß er, vielleicht ... Aber wer weiß das schon? Gott allein weiß es!

Nasha stand am Fenster und starrte durch die Scheibe. Die Blätter am Zitronenbaum zitterten und glänzten im Regen. Das trockene, vergilbte Kraut begann bereits zu grünen. Ein Vogel, klein wie ein Falter, flatterte über den Narzissen und Märzenbechern. Die Gartenmauer stand wie eh und je, alt, betagt, fest und hoch, von Moos und Farn bedeckt. Sie dachte an längst vergangene Tage, als noch die Lampen an Pfählen und Zweigen hingen und Muawija mit seiner Bande die Nächte unter der Pergola verbrachte. Nichts war davon geblieben als diese Pergola, die Pfähle, die Kabel zwischen den Bäumen ... ohne Lampen. Nicht einmal ein Schimmer von einem Gefühl war übrig. Warum sollte er sich erkundigen? Nein, er hatte sich nicht gekümmert, und sie auch nicht. Weder einen Brief hatte er geschrieben noch angerufen. Weshalb hat sie dann geschwindelt? Einfach so, sie wußte selbst nicht, warum. Die Idee mit Amerika gefiel ihr, diese Geschichte vom fernen Bruder, der sich einen Kopf machte und einen Brief losschickt und herumtelefoniert. Wenn sich wenigstens Asem, dieser Mistkerl, die Mühe machte und nach ihr fragen würde! Wenn er doch … Aber der dachte überhaupt nicht daran. »Käme doch Achmed zurück«, seufzte sie, »und wir würden zusammen fortgehen. Amerika ist groß, da sind so viele Menschen, keiner kennt den andern, keiner kümmert sich um den andern. Dort würden wir einfach in der Menge untertauchen. Ich wäre mit Muawija im Restaurant, und Achmed würde studieren und Arzt werden. Von meiner Hände Arbeit würde ich ihm alles bezahlen. Die Tochter von Umm Hassan hat auch ihre Brüder zu Ärzten gemacht. Ich lass ihn studieren, und er wird Doktor.«

»Kannst du denn Englisch?«

»Das lerne ich schon.«

Traurig schüttelte die Tante den Kopf.

»Warum schüttelst du den Kopf, Hadscha? Ich lerne wie der Blitz. Hebräisch habe ich auch im Handumdrehen gelernt.«

»Du sprichst Hebräisch?«

»Wie geschmiert.«

»Pst, red leise, er braucht uns nicht zu hören.«

»Er schläft ja noch.«

»Vielleicht wacht er auf.«

»Na und, was ist schon dabei? Alle Leute sprechen fließend Hebräisch. Weißt du, Hadscha, Hebräisch ist ja viel leichter als Arabisch.«

»Und Englisch?«

»Ich kann ein paar Worte, nicht viel.«

»Und Achmed?«

»Achmed? Der hat keinen blassen Schimmer!«

Die Tante schüttelte den Kopf und sagte nichts dazu. Sie ließ wieder ihre Wasserpfeife gluckern und sann vor sich hin.

»Amerika ist schön, einfach herrlich!« rief Nasha. »Schaust du dir auch immer ›The Love Boat‹ an? ›The

Love Boat‹ schalte ich auf die Minute ein! Asem, der Mistkerl, war in Amerika und ist auf der ›Love Boat‹ gefahren. Er sagt, es wäre genau so wie im Fernsehen. Er hat versprochen, mich mitzunehmen, hat's aber nicht getan. Soll ihn doch Gott zu sich nehmen! O Gott, o Gott, beim Ruhme des Propheten und Jesus und Moses und Scheich al-Imad, nimm ihn zu dir, laß mich das noch erleben!«

»Nein, Töchterchen, das schickt sich nicht, daß du ihn so verwünschst!«

»Redest du immer noch von sich schicken und sich nicht schicken?«

»Schon gut, aber sprich leise!«

»Ich red ja leise.«

Sie schwiegen.

In Erinnerungen versunken, ein kleines Lächeln auf dem Gesicht, sagte die Tante: »Als ich noch im Krankenhaus war, habe ich auch ein paar Brocken gelernt und geradebrecht: ›Yes, no, thank you, very much.‹«

Nasha brach in schallendes Gelächter aus. Die Tante schlug übermütig mit dem Schlauch nach ihr. Nasha hielt sich die Hände vor den Mund, um das Lachen zu unterdrücken, und prustete los. Auch die Tante lächelte, sie konnte sich gerade noch beherrschen, daß sie nicht unwillkürlich laut mitlachte.

Nasha wischte sich die Augen. »Da weiß ich aber entschieden mehr«, sagte sie. »Einmal brachte Asem einen Journalisten mit. Mit dem habe ich Englisch geredet, und er hat mich sogar verstanden!«

»Wieso hat er dich verstanden, wo du doch nur ein paar Wörter kannst?«

»Ausgetrickst hab ich ihn.«

»Ausgetrickst?«

»Ich hab so herumgefuchtelt und gestikuliert und

meine Augen rauf und runter gedreht. Asem hat vielleicht gelacht. ›Mehr, mehr!‹ hat er gerufen.«

»Und der Engländer?«

»Amerikaner war er, kein Engländer.«

»Und der Amerikaner?«

»Der sagte: ›Fein gemacht! Bravo!‹«

Die Tante riß die Augen auf, der Schlauch baumelte vergessen zwischen Kinn und Mund.

»Auf Arabisch hat er das gesagt?« fragte sie langsam.

»Nein, auf Englisch.«

»Wie heißt das auf Englisch?«

»Was denn, glaubst du mir nicht?«

Die Tante antwortete nicht. Sie nuckelte wieder an ihrer Pfeife und behandelte Nasha wie Luft.

»Also, du glaubst mir nicht?« wiederholte Nasha.

Keine Antwort.

»Na schön, schön«, lenkte Nasha ein. »Er hat es vielleicht nicht wortwörtlich so gesagt. Aber ich hab ihn auch so auf Anhieb verstanden.«

»Also, was hat er gesagt?«

»Eine ganze Menge.«

»Und woher wußtest du, daß er dich verstanden hatte?«

»Bist du mir auch nicht böse, wenn ich es dir sage?«

»Nein, warum sollte ich?«

»Gut, dann sag ich's. Wie ich ihn so richtig durcheinandergebracht hatte, sitzt er erst mit offenem Maul da und glotzt wie ein Bekloppter, und Asem lacht dazu. Auf einmal fällt der doch über meine Hände her, hier hat er sie geküßt.«

Die Tante schwieg. Der Schlauch hing vergessen am Kinn. Sie versank in Schweigen. Nasha schielte aus den Augenwinkeln zu ihr hin und versuchte, das gestörte Einvernehmen wieder herzustellen.

»Das Problem ist nicht Englisch oder Amerikanisch, Hadscha. Das Problem ist Achmed, und daß er nicht hier ist. Wenn er doch zurückkäme, und wir würden wegfahren!«

Zornig rief die Tante: »Bleib, wo du bist, und lebe unbescholten! Kein Amerika, und keine Dummheiten! Wer sagt dir denn, daß Achmed überhaupt wegfahren will?«

»Aber ja, der will. Bestimmt! Bevor er geflohen ist, hat er immer darum gebettelt. Ein paarmal kam er aus der Schule und heulte. Bloß meine Mutter wollte ja nicht. Sie sagte: ›Was sollen wir in der Fremde anfangen? Wir sind eh nur Frauen, und Achmed ist noch klein!‹ Aber jetzt ist alles anders. Meine Mutter ist von uns gegangen, und Achmed ist erwachsen. Er ist schon ein Mann!«

Bekümmert schüttelte die Tante den Kopf. »Wie kann er denn ein Mann sein, Kleines? Du meine Güte, Achmed ist doch noch ein Kind!«

Husam regte sich in seinem Bett und schlug die geröteten Augen auf.

Nasha blieb beharrlich.

»Nein, er ist kein Kind mehr. Siebzehn Jahre, das ist nicht mehr klein. Für einen Intifada-Jungen ist er nicht zu klein. Amerika ist schön, im Vergleich zu hier das reine Paradies! Er braucht nichts weiter zu tun, als sich ordentlich ins Zeug zu legen und Arzt zu werden. Mit Mühe und Schweiß werde ich ihn schon durchbringen. Wenn er nur kommen und mit mir reden wollte! Wenn er heute käme, könnten wir morgen abreisen.«

Der eine Satz hakte sich bei der Tante fest, bedächtig wiederholte sie ihn: »Wenn er nur kommen und mit mir reden wollte!«

Nasha wandte sich ab und lehnte die Stirn an das

Fenster. Die Scheibe beschlug von ihrem Atem. Tausenderlei Dinge fielen ihr ein. Heute erschienen sie ihr seltsam, unmöglich, ja widerlich. Wie konnte das alles geschehen, wie hatte sie dieses Tohuwabohu, all diese Szenen, die Fratzen, diesen Ekel nur ertragen können! Dort in dem Winkel, im Narzissenbeet unter der Mohnstaude hinterm Haus, war Achmeds Versteck gewesen. Achmed, das Kind ohne Kinder, ohne Freunde, ohne heimatliche Gasse. Trotzdem, er schaute ihr in die Augen, ganz lange, und fragte eindringlich: »Stimmt's, Asem wird uns mitnehmen?« – »Ja, das stimmt.« – »Und wir fahren mit der ›Love Boat‹?« – »Stimmt genau!« – »Wir kriegen Michael Jackson und Madonna und Dallas zu sehen?« – »Na klar!« Doch plötzlich kam alles ganz anders. Statt mit der ›Love Boat‹ zu fahren, fand sie sich im Ramla-Gefängnis wieder. Statt Madonna und Dallas zu erleben, landete sie zwischen kriminellen Israelinnen und politisch inhaftierten Araberinnen. Dabei war sie weder eine jüdische Prostituierte noch eine arabische Widerständlerin. Die einen zwinkerten sich zu, die anderen flüsterten untereinander. Am Ende erbarmte sich eine Araberin und sagte wortwörtlich zu ihr: »Der macht sich doch bloß lustig über dich, du dumme Kuh!« – »Nein, das kann nicht sein, daß er sich lustig macht! Er liebt mich und betet mich an! Mit seiner Frau ist ja nichts los, der langweiligen Transuse. Er wird mich heiraten, als Nebenfrau!« Sie drehte durch. Einzelhaft. Alpträume.

»Er lacht dich aus, du blödes Weib!« erklärte ihr eine jüdische Hure, dann noch eine und noch eine, alle Frauen, ob arabische Politische oder israelische Prostituierte. Selbst die Wände und die Gitterstäbe sagten es ihr, sogar der Untersuchungsrichter und der Wärter. Aber sie gab trotzdem nichts zu. Warum also wurde sie nachher von denen geschlagen, und er nicht? Warum brachten sie ihre Mutter um, ihn aber nicht! Warum konnte er einfach alles stehen und liegen lassen? Warum ließ Achmed alles im Stich und verschwand auf Nimmerwiedersehen?

Sie flehte um Gottes Gnade, wartete auf den Tod, sehnte ihn herbei. Sie wünschte, daß Achmed ein Einsehen hätte, wünschte so sehr, daß er zurückkäme.

Wohl zum zwanzigstenmal seufzte sie. »Könnte ich ihn doch sehen«, murmelte sie, «und wär's für eine Stunde! Wenn er heute käme, würden wir morgen fahren.«

Traurig sagte die Tante: »Wie könnt ihr denn bis ans Ende der Welt und in fremde Länder fahren, wo du nur eine Frau bist und er noch ein halbes Kind.«

Nasha drehte sich um.

»O nein, er ist nicht mehr klein.«

Husam bewegte sich in seinem Bett.

»Nein, er ist nicht klein«, flüsterte er schwach.

Die Tante schrie auf. »Du bist wach?«

»Siehst du? Siehst du!« rief Nasha begeistert. »Sogar Husam sagt, Achmed ist nicht mehr klein!«

Er öffnete die fiebrigen Augen und sagte langsam: »Achmed ist ein Mann geworden, Nasha ...« Er schaute ihr direkt in die Augen und sagte freundlich, wie sie ihn bisher gar nicht kannte: »Aber er wird nicht abreisen, Nasha.«

Sie war sprachlos, erstarrte zum Standbild, sah ihm unverwandt ins Gesicht. Er blinzelte gegen das Licht, durch die Fensterscheiben, hinaus zu den Eisenstäben und sagte mit wohldosierter Zärtlichkeit: »Und du wirst auch nicht wegfahren, Nasha.«

Vielfache Gefangenschaft

28

Nasha kam die Stufen von der Dachterrasse herunter gerannt. »Hadscha!« rief sie. »Hadscha, du hast Besuch!«

Die Tante trat aus dem Bad, die Hände noch tropfnaß von der rituellen Waschung. Wer die Gäste seien, wollte sie wissen. Nasha erwiderte, alles, was sie gesehen habe, sei eine Frau im schwarzen Umhang, mit einem grauen Schaltuch auf dem Kopf, und die sitze auf der Schwelle zu Sitt Sakijas Wohnung. Wer die Besucherin sei? Das wisse sie nicht. Seit wann sie da auf der Schwelle sitze? Keine Ahnung. Vielleicht handelte es sich um eine Geburt? Nur, ihr Bauch scheine nicht dick genug, zumal ja auch der Umhang bis zum letzten Knopf geschlossen sei. Die Tante zeigte kein sonderliches Interesse. Bei dem verwundeten Jungen zu bleiben war ihr wichtiger als sämtliche Gebärenden im Viertel. Die hatten die ganze Stadt zur Verfügung. Aber dem Gejagten stand niemand zur Seite als sie und Gott allein. Und Nasha.

Sie betete zu Mittag, betete zu Nachmittag. Kurz vor dem Abendgebet hörten sie Schritte, hinten im Durchgang vom Garten. Sie schraken zusammen. Eilig flüchtete die Tante in Husams Zimmer, um sich zu verbergen. Nasha lugte durch einen Spalt am geschlossenen Fenster. Da erkannte sie Samar, und in ihrer Begleitung die Dame mit dem grauen Schaltuch und dem schwarzen Umhang.

Sie öffnete die Eisentür. Messerscharf fuhr der Wind herein, daß die Kristalle an der Decke klirrten.

Samar flüsterte an der Tür: »Umm Assam. Ich habe sie auf der Schwelle sitzen sehen.«

Nasha verschluckte gerade noch einen Aufschrei und trat von der Tür zurück. Die Dame streckte die Hand aus und grüßte, ohne ein Wort zu sagen. Dann ließ sie sich in den erstbesten Sessel fallen, um vom Treppensteigen zu verschnaufen. Sie keuchte noch und hielt die geschwollenen Augen gesenkt. In ihrem bedrückten Gesicht traten die Adern hervor.

Samar schaute abwechselnd die Besucherin und die Hausherrin an. »Umm Assam wollte nämlich Sitt Sakija aufsuchen«, erklärte sie, »aber sie war nicht zu Hause. Ich sagte ihr, vielleicht ist sie bei den Leuten nebenan. Mit unserer Nachbarin ist es ja nun soweit, daß sie niederkommen wird.«

Augenblicklich verstand Nasha den Wink. »Ja, Sitt Sakija ist hier«, sagte sie rasch. »Die Frau hat noch nicht entbunden. Wartet ein bißchen, ich rufe sie her.«

Sie rannte in Husams Zimmer und machte die Tür hinter sich zu. »Die Frau deines Bruders!« flüsterte sie.

Überrascht riß die Tante die Augen auf. »Meine Schwägerin? Was will denn die noch so spät?«

Nasha schob ratlos die Unterlippe vor.

Die Tante ließ den Blick zwischen Nasha und dem verwundeten jungen Mann hin und her wandern. Verwirrt fragte sie: »Weiß sie Bescheid?«

Jetzt verzog Nasha beide Lippen.

Unterdessen meinte Umm Assam, während sie sich überall im Zimmer umschaute: »Ein großes, geräumiges Haus, nur irgendwie bedrückend. Warum habt ihr alle Fenster zugemacht? Vielleicht könntest du eins öffnen, daß ich zu Atem komme?«

Sie begann sich mit der Hand Luft zuzufächeln.

Samar öffnete ein Fenster gen Westen. Die Kristalle am Kronleuchter kamen in Schwingung und klirrten leise. Umm Assam schaute hinauf. »Der Kronleuchter ist ja genau wie meiner!« sagte sie beklommen.

Samar nickte, erwiderte aber nichts. Wieder herrschte Schweigen, eine Atmosphäre zum Ersticken.

Die Tante trat ein, ganz in Weiß. Sie war zum Beten bereit und trug schon Gebetsrock und Umhang. »Herzlich willkommen! Was für eine Überraschung!«

Die beiden Frauen küßten einander und nahmen auf dem Sofa Platz. Sie schwiegen. Die Tante wartete auf eine Reaktion von Umm Assam, um ihr eigenes Verhalten danach zu richten. Doch Umm Assam schien zerstreut, begriffsstutzig, abgestumpft. Frau Sakija betrachtete sie und fragte besorgt: »Ist Wadschih wohlauf?«

Kurz angebunden, den Blick auf irgendeinen Punkt am Boden geheftet, antwortete die Frau: »Ja, wohlauf.«

»Geht's Assam gut?«

Die Frau nickte.

»Ja, gut.«

»Und Husam?«

Erschrocken nickte sie wieder, sagte aber nichts.

Frau Sakija wandte sich an die beiden jungen Mädchen. »Wer möchte uns denn nun ein Glas Tee eingießen?« fragte sie.

Sofort sprangen beide hoch. Sie räumten das Feld und begaben sich in die Küche.

»Was hast du nur, Umm Assam?« fragte die Tante beunruhigt. »Doch hoffentlich nichts Schlimmes?«

Die Frau legte sich verzweifelt die flache Hand auf den Kopf. Dann fuchtelte sie herum und röchelte: »Ich werde noch verrückt.«

»Um Himmels willen, nein! Gott wird's schon richten!«

Umm Assam reagierte nicht darauf. Abgewandten Gesichts sagte sie über die Schulter hinweg in die andere Richtung: »Hier bin ich, und ich gehe nicht mehr zurück, Hadscha.«

Frau Sakija erschrak. Das war das Letzte, was sie erwartet hätte. Abu Assam hat seinen Herzinfarkt weg, jawohl. Assam hat die Green Card bekommen und eine Amerikanerin geheiratet, jawohl. Die Brüder haben Abu Assam vom Ausland her angeschrieben und ihren Anteil vom Erbe verlangt, auch das. Streit, Überfall, Prügel, alles kurz und klein geschlagen, ja, ja, schon richtig. Aber dann zu sagen: »Hier bin ich, und ich gehe nicht mehr zurück« – einfach nicht auszudenken. Warum auch, Schwester? Wo du doch dein Lebtag stillgehalten hast! Dein ganzes Leben warst du vernünftig und wohlbeleumdet. Und jetzt, nach all den Jahren, müßt ihr euch mit euren grauen Haaren vor den Nachbarn anschreien? Es gibt keine Macht noch Stärke als bei Gott …

Die Frau wandte sich um und streckte ihre trockenen, rissigen Hände vor. Zum erstenmal hob sie den schweren Blick und sagte bittend, fast unterwürfig: »Ich beschwöre dich, nimm mich bei dir auf.«

»Was?«

Frau Sakija riß die Augen auf und zischte: »Ich soll dich aufnehmen!«

Wieder streckte sie die Hände aus. Wie Holz fühlte sie die Tante auf ihrer Haut liegen. »Bitte, ich küss dir die Hände! Meine Kinder sind fortgezogen und haben mich verlassen. Meine Geschwister sind in der Fremde und fragen nicht nach mir. Niemanden habe ich als Gott und dich allein. Ich stehe zu deinen Diensten, ich koch dir auch das Essen und trag dir die Tasche von Haus zu Haus.«

Frau Sakija zog die Hand zurück, als ob sie etwas gestochen hätte. »Gott bewahre!« rief sie. »Was redest du da zusammen, Frau! Bete zu dem Einen!«

Umm Assam stieß einen schneidenden, langgezogenen Schrei aus. »Ich halt das nicht mehr aus, Hadscha«, stöhnte sie. »Ich kann nicht mehr. Dein Bruder hat mich geschafft, der macht mich verrückt.«

Gedankenverloren sah Frau Sakija vor sich hin. »Ach, die armen Frauen!« flüsterte sie.

Dann dachte sie an ihren Bruder, seine Augen, die geschwollenen Halsadern, wie er stierte und sich verhaspelte, wenn er vor Wut rot anlief. Sie bekam es mit der Angst und nahm ihre Zuflucht beim Allerbarmer. »Weiß Wadschih davon?« fragte sie besorgt.

Die Frau winkte nur ab. »Ob er es weiß oder nicht – ich rühre mich nicht von der Stelle.«

Frau Sakija fuhr zusammen. »Aber das Haus gehört den Nachbarn!«

Eigensinnig nickte die Frau. »Wo du hingehst, gehe ich auch hin.«

Schnell überlegte die Tante: Wenn sie nun wüßte, daß sie hier in Sakinas Haus war! Ob sie das wohl wußte? Vorsichtig fragte sie: »Weißt du überhaupt, wer der Eigentümer von diesem Haus ist?«

Wie ein trauriges Kind schüttelte die Frau den Kopf. »Soll es gehören, wem es will! Wohin du gehst, da geh ich auch hin.«

Frau Sakija ließ nicht locker. »Aber weißt du, wem es gehört?«

»Wem kann es denn schon gehören? Etwa Ubaid as-Sitti? Oder dem Todesengel Izrail? Von mir aus sogar deinem Bruder! Ich gehe nicht zurück!«

Frau Sakija war fassungslos. Hilfesuchend blickte sie sich um und sah Nasha mit dem Teetablett in der Küchentür stehen.

Nasha lächelte und hauchte boshaft: »Ein herzliches Willkommen der Gattin des hochgeschätzten Herrn!«

29

Die drei Frauen waren sich einig – Umm Assam hatte einen Nervenschock. Die Abwesenheit ihrer Kinder, die Grausamkeit ihres Gatten und die Umstände der Intifada hatten ihre Nerven zerrüttet. So war sie in eine Lage geraten, die wirklich nicht beneidenswert war. In Anbetracht ihrer Verfassung mußte man wohl annehmen, daß der Anblick ihres Sohnes alles nur verschlimmern und sie darin bestärken würde, ihrem Hause fernzubleiben.

Nasha erklärte ganz scheinheilig, sie habe durchaus nichts dagegen einzuwenden, die Gattin Wadschihs, womöglich für immer, zu beherbergen. »Mein Haus ist ihr Haus!«

Frau Sakija runzelte die Brauen und kniff die Lippen zusammen. Sei es, wie es sei, aber Wadschihs Frau war immer noch ihre Schwägerin, und der Ruf ihres Bruders war über alles erhaben. Welche Böcke er auch geschossen haben mochte, er blieb ein geachteter Mann. Sein Ansehen und seine Stellung waren unerschütterlich. Wie würden die Leute hecheln, wenn herauskäme, daß sich Wadschihs Gattin in Sakinas Haus aufhielt? Das verhüte Gott! Und was war mit ihr selber? Was würden sie reden, wenn sie wüßten, daß die fromme Hadscha Sakija im Hause Sakinas weilte? Kaum etwas, denn erstens stammte sie aus diesem

Viertel, und zweitens war sie eine alte Frau, da käme bestimmt niemand auf dumme Gedanken. Und wie stand es mit Husam? Husam war ein Mann, einen Mann beschmutzt kein Dreck. Was könnten sie schon sagen, wenn ihnen zu Ohren käme, Husam hätte bei Nasha geschlafen? Wo die Nasha doch mit einem ganzen Bataillon schlief. Husam wäre nur einer unter vielen. Sollten sie ruhig reden! Wer von ihnen würde denn nicht genau dasselbe tun? Wer war hier nicht ein- und ausgegangen? Sooft es ihnen paßte, konnten sie die aufsuchen! Schließlich waren sie Männer und konnten sich's leisten! Allerdings die Frauen … Noch dazu die Frau ihres Bruders … Und Samar! Gott bewahre! Warum hatte sie das Mädchen nicht ermahnt, Sakinas Haus zu meiden? War sie denn nicht jünger als Umm Assam? War sie nicht hübscher als Umm Assam? War sie etwa kein geachtetes junges Mädchen, wenn auch nur eine Bäckerstochter?

Sie erklärte den beiden jungen Frauen, sie wolle jetzt versuchen, Umm Assam zu überreden, daß sie ihren Entschluß aufgäbe und in das Haus ihres Gatten zurückkehrte. Husam werde sie gar nicht erst erwähnen. Damit ihr aber diese Aufgabe gelinge, sollten sie sich, bitte sehr, zurückziehen. Nur so könne sie ungeschminkt und frei von der Leber weg reden. Vor allem dürfe Husam nicht allein gelassen werden. Wenn sie sich beide zu ihm setzten, könnte sie inzwischen seine Mutter umstimmen.

So teilte sich denn alles in zwei Lager. Die jungen Leute für sich und die Damen reiferen Alters für sich. Mutter und Tante saßen im Salon, die Jungen in Husams Zimmer.

Die Tante ließ sich auf dem Gebetsteppich nieder. »Bete mit mir, Umm Assam«, sagte sie.

Die Frau hob den Kopf und betete inbrünstig: »Es gibt keinen Gott außer Gott.«

Die Hadscha griff zur Gebetskette und klapperte mit den Perlen. Bei jeder Perle murmelte sie: »Allah, Mohammed, Jesus und Moses. Allah, Mohammed, Allah, Mohammed.« Plötzlich hielt sie inne und räusperte sich.

»Ich meine, sei mir nicht böse, Umm Assam, du solltest nach Hause gehen und Ruhe geben. Nimm mir das offene Wort nicht übel, aber unsereins hat ja nichts anderes als den Haushalt. Dein Leben lang warst du geduldig und wohlanständig, und nun, nach all den Jahren, wo deine Kinder erwachsene Männer sind, da willst du dein Heim aufgeben, Umm Assam?«

Umm Assam schaute sie aus ihren verquollenen Augenlidern an und erwiderte nichts. Sie überlegte, ob es stimmte, was die Hadscha sagte, und sah ein, daß sie mit ihren Worten wirklich ins Schwarze getroffen hatte. Gab es denn für die Frau ein anderes Reich als ihr Heim, eine andere Krone als ihren Gatten? Doch wie konnte sie zu ihm zurückkehren, wo er die Hand gegen sie erhoben hatte? Jahre waren dahingegangen, viele Jahre, vielleicht soviel wie Husam alt war, und er hatte ihr nichts angetan. Sie hatte schon vergessen, was Schläge waren. Hörte sie, daß die und die verprügelt worden war, lächelte sie nur blasiert und meinte verächtlich: »Ein Pack ist das! Ist es denn möglich, solche Leute gibt's noch auf der Welt?« Damit wandte sie sich von der geschlagenen Frau ab und vergaß die Angelegenheit. Auf Empfängen sah sie sich genau um, begutachtete die nach dem letzten Schrei aufgedonnerten Frauen und beneidete sie um die neueste Mode. Dabei war sie doch die Tochter von Saadi al-Dschallab, dem größten Händler im Nordbezirk! Sie hatte ihr Vaterhaus mit einem Hochzeitszug verlassen, der sich vom Khodairi-College bis zu den Anhöhen bei Wadi at-Tufach hinzog! Ach, all die Notabeln, die Autos, die Jubeltriller, das Hochzeitskleid aus Beirut … überhaupt, die ganze Brautausstattung stammte aus Beirut! Ein Püppchen ist sie gewesen, verwöhnt, hübsch, nein, strahlend wie eine Schönheitskönigin! Diese Hoheit hatte sie so recht genossen. Aber jetzt, was war davon übriggeblieben? Weder war sie schön noch jung, noch konnte sie sich auf den Nimbus ihres einflußreichen Vaters berufen. Als gebrochener Mann, in Schmach und Schande, war er gestorben. Nach dem Verkauf der Ländereien wanderten ihre Geschwister aus. Die Kinder waren erwachsen und hatten sie verlassen. Der Große wohnte in Amerika, der Kleine steckte bei diesen jungen Burschen und wurde gesucht.

»Als ob du überhaupt kein Kind in die Welt gesetzt hättest!« Das bekam sie jeden Tag, nicht einmal, sondern zigmal von Wadschih zu hören. »Dein ältester Herr Sohn kümmert sich einen Dreck, und der andere treibt sich bei den Viehhirten herum.«

Als er das zum erstenmal sagte, wollte sie gar nicht wieder aufhören mit Jammern. »Meine Söhne, meine Söhne? Schäm dich! Pfui über dich, so was auszusprechen!« Sie zeterte und zeterte, bis er losbrüllte: »Pfui Teufel, pfui über sie! Pfui über diejenigen, die sie aufgezogen haben, pfui über ihre Mutter und ihren Vater! Pfui über diese ganze Verwöhnerei und Verschwenderei und Liederlichkeit!«

Schmerzlich getroffen bäumte sie sich auf. »Meine Kinder sind nicht liederlich! Der erste ist Doktor, und der zweite ist Ingenieur, das sind keine Nichtsnutze!« Er starrte sie mit seinen Glotzaugen an. »Wach auf, du blöde Kuh! Komm endlich zu dir, du Niete! Dein

Husam ist weder Inschenjör, noch inschenjört er! Und der andere – husch auf und davon, der kommt nicht wieder. Dein Söhnchen Husam, dieser Versager, schlägt ganz der Mutter nach. Kein Verstand, kein Grips, nichts, gar nichts. Er taugt nichts, und er bringt es zu nichts. Der steckt bloß die Hände in die Taschen, bis runter auf den Grund. Aber große Worte und Reden schwingen, da ist er der Beste. Ich weiß nicht, was ich noch machen soll. Geh du und richt es ihm aus: Alles verboten! Verboten hinauszugehen, verboten runterzugehen, verboten, verboten! Und für dich dasselbe – verboten, verboten! Schluß mit der Rumrennerei! Der Markt – verboten! Straße und Platz – verboten! Wenn es unbedingt sein muß, kauf ich dir deine Strümpfe. Ich kaufe, was du brauchst, auch deine Schlüpfer kaufe ich. Du sagst mir nur, was fehlt.«

Sie saß fest, kam nicht mehr aus dem Haus. Strickte Wolle, sah fern und hielt in ihren Träumen Zwiesprache mit Vincent. So vergingen die Jahre, so war das ganze Leben vergangen. Eine reinliche Dienstmagd ohne Gehalt. Jetzt, wo sie eine Zuflucht und Bleibe brauchte, hatte sie nicht einmal einen halben Dinar in der Tasche.

»Ich koch dir auch dein Essen«, bat sie demütig, »ich halte deine Wohnung sauber und trag dir die Tasche von Haus zu Haus.«

Mit gedämpfter Stimme sagte die Hadscha: »Pst, sprich leiser, man braucht uns nicht zu hören.«

Die Notlüge mit der Gebärenden fiel ihr wieder ein, und sie setzte hinzu: »Denk auch mal an die Frau, die gerade ihr Kind bekommt.«

Umm Assam schien den Hinweis überhaupt nicht gehört zu haben. Ihr Unglück war zu groß, als daß sie auf andere Rücksicht nehmen konnte.

»Manchmal«, sagte sie verstört, »wenn ich darüber nachdenke, wie ich mein Leben vertan habe, wünschte ich, daß mich Gott zu sich gerufen hätte. Daß es nie soweit mit mir gekommen wäre. Erbarme dich, Hadscha, und nimm mich auf!«

Frau Sakija schüttelte ablehnend den Kopf. »Dein Lebtag warst du einsichtig und großmütig. Was ist bloß auf einmal in dich gefahren, Frau?«

Umm Assam verließ der Mut. Sie spürte, daß sich die letzte Hoffnung, mit diesem Leben Schluß zu machen, in nichts auflöste. Was hatte sie daheim noch zu erwarten außer Grausamkeit, Bitternis und Sorgen? Was sollte das Gerede von häuslichem Reich und ehelicher Krone? Von Vereinsamung ohne Heirat? Ganz im Gegenteil, die Ehe bedeutete Einsamkeit. Bitte, Sitt Sakija lebte ja auch allein, und das wie eine Königin. »Wohl dir«, murmelte sie. »Du hast Glück, Hadscha!«

Die Hadscha legte sich die Hand auf die Brust, die Gebetskette baumelte lang herunter. »Ich habe Glück, ich? Meine Güte, wieso denn?«

Ihr Blick fiel auf Umm Assams glänzende Schuhe. Sie erinnerte sich, wie traurig sie damals gewesen war, als ihr Mann sie verlassen hatte. Sie kam zu ihrem Bruder gelaufen und bat um Hilfe und Almosen. »Was ist mit deinen sechs Mädchen, Sakija?« fragte Wadschih. »Meine Mädchen sind eine schwere Bürde«, flüsterte sie bedrückt. Er langte nach dem Schlüssel für das alte Haus, der an einem gelben Band über der Frisiertoilette hing. Den Schlüssel betrachtend, der wie ein Pendel hin- und herschwang, überlegte er: »Schon wahr, das Haus ist alt und ramponiert, niemand wollte es mieten. Aber wenn wir es herrichten, wird es bestens. Nimm den Schlüssel hier, morgen schicke ich dir den Tüncher, Klempner und Fliesenleger.« Seine Frau ergänzte mit leiser Stimme: »Und ich werde gleich morgen Assam und Husam zu dir schicken, daß sie dir beim Umzug helfen.« Sie stand neben der Frisiertoilette, ein Glas Milch in der Hand, das ihr Gatte vor dem Frühstück zu trinken pflegte. Sie trug ein mit Spitzen verziertes Gewand, ihre Füße steckten in glitzernden Pantoletten. In diesem Moment erschien ihr Umm Assam wie eine gekrönte Königin auf dem Thron, und sie, Sitt Sakija, stand unten, ganz unten. Sieh mal an, wie sich im Leben alles verändert und wandelt. Jetzt sagte diese Umm Assam zu ihr: »Wohl dir, du hast Glück, Hadscha!« Ach, wie sich die Zeiten ändern!

»Wenn du mich zu ihm zurückschickst, sterbe ich«, rief Umm Assam in Panik.

»Pst«, zischte Frau Sakija, »sprich leise, daß man dich nicht hört!«

Die Frau begann verzweifelt zu weinen. »Geschlagen hat er mich, geschlagen, ich sag dir, geschlagen! Und nicht nur das, er riß die Tür auf und warf mich raus bei dieser Kälte. ›Verschwinde, ab zu deinen Verwandten‹, hat er gesagt.«

Beruhigend redete Frau Sakija auf sie ein: »Aber kann es denn sein, daß der vernünftige Wadschih so etwas ohne triftigen Grund tut, Umm Assam? Was hattest du ihm geantwortet wegen seiner Kinder?«

»Ich sagte ihm: ›Meine Kinder sind keine Versager. Du bist der Versager, und wenn sie geflohen sind, dann nur vor dir! Und ich gehe auch.‹ Da fing er wie ein Verrückter zu brüllen an und schmiß mit der Teekanne nach mir. Als ich nun ebenfalls laut wurde, schlug er zu. Ins Gesicht, auf den Kopf, den Rücken, den Bauch. Wie es gerade kam.«

Samar senkte den Kopf. Sie saß am Ofen, neben ihr Nasha, die angestrengt lauschte.

»Da ist sie nicht die erste, die es erwischt, und auch nicht die letzte«, flüsterte Nasha.

»Ach, Sakija«, schrie Umm Assam zum erstenmal lauthals, »die Hände im Wasser, das ist was anderes als die Hände im Feuer! Wenn dir das Herz bluten würde wie mir, möchtest du auch wehklagen, so laut du kannst, und dich nicht darum kümmern, ob dich die Leute hören.«

Samar schüttelte mitleidig den Kopf und murmelte: »Was würde es nützen, wenn sie dich hörten?«

Nasha wandte sich zu ihr um. »Bei Gott«, knurrte sie, »wär er der Meinige, dem würde ich richtig Skandal machen!«

Samar überlegte verzweifelt. »Doch was ist die Lösung?« fragte sie. »Soll sie sich etwa scheiden lassen, in ihrem Alter?«

Aufgebracht und scharf gab Nasha zurück: »Also soll sie klein beigeben und dabei draufgehen?«

Samar sah sie durchdringend an. »Aber Nasha, wo soll sie denn bleiben? Weder Sitt Sakija kann sie brauchen noch dieser Junge.«

Husam schlug die fiebrigen Augen auf.

»Ist das die Stimme meiner Mutter oder ein Alptraum?« fragte er sehnsüchtig.

Nasha kroch zu ihm und kniete sich neben das Bett. »Gott schütze dich«, flüsterte sie freundlich, »du träumst.« Sie drehte sich zu Samar um, legte den Finger auf den Mund.

Draußen sagte Frau Sakija: »Weißt du noch, wie er in dich verliebt war und sich vor den Leuten mit dir gebrüstet hat? Er rief dich nur ›Tochter al-Dschallabs‹. Das hat sie gemacht, das hat sie getan, und so ist sie gegangen, so ist sie gekommen. Eben die Tochter al-Dschallabs.«

Umm Assam winkte ab. »Dieses Gerede und Gesäusel kann mir gestohlen bleiben. Mein Lebtag hör ich immer diese Geschichte. Die Tochter al-Dschallabs, die Tochter al-Dschallabs. Ich brauchte nur den Mund aufzutun, gleich hieß es: ›Hört, was die Tochter al-Dschallabs sagt!‹ Wenn ich irgendwohin ging: ›Wohin ist die Tochter al-Dschallabs gegangen?‹ Zog ich irgendein Kleid an: ›Seht doch, was die Tochter al-Dschallabs trägt.‹ Sogar meine Kleidung kontrollierten sie. Auch er kontrollierte sie. Die Jacke hier und diese Schuhe, dieser Schal – alles zusammengestohlen und zusammengeraubt, beim Leben meiner Kinder und deiner! Jeden Tag habe ich ihn überlistet und einen halben Schekel aus seiner Tasche stibitzt. Einen Tag um den andern einen halben Schekel. Die Jacke, die Schuhe, der Schal, und alles, alles von dem halben Schekel. Meine Liebe, jedes Dienstmädchen kriegt Lohn, aber ich war auf den Segen dieses halben Schekels angewiesen.«

»So ein Dreckskerl!« zischte Nasha. »Und mir bringt er einen Armreifen und einen bombastischen Kronleuchter, wer weiß wie teuer!«

Umm Assam schrie weiter: »Jetzt erklär mir, was ich machen soll!«

Sie konnten hören, wie die Hadscha ruhig wiederholte: »Dir bleibt nichts anderes übrig, als heimzugehen, Umm Assam.«

»Daß er mit der Teekanne nach mir schmeißt?«

»Immerhin war's kalter Tee, meine Liebe!«

Umm Assam schlug sich wie wahnsinnig mit der Hand auf den Kopf. »Großer Gott«, schrie sie, »ich werd noch verrückt, verrückt, ihr Leute!«

»Meine Mutter!« stammelte Husam kraftlos. »Mutter! Ich höre sie rufen.«

Nasha rutschte zu ihm. »Gott steh dir bei, du träumst.«

Umm Assam schaute sich um und spitzte die Ohren. »Wer ist da drin? Das ist doch eine Männerstimme!«

Langsam und besorgt schüttelte die Tante den Kopf. »Aber nein! Keineswegs! Das ist die Frau, die ihr Kind bekommt.«

Ein dunkles Gefühl von Mitleid und Schuld kam in ihr auf. Sie griff zur Gebetskette und murmelte: »Allah, Mohammed, Jesus und Moses, Allah, Mohammed, Allah, Mohammed.«

Er, der sich nach Horizonten sehnt

30

Er schaute ihr zu. Sie stickte, wie jede Nacht. Tage und Wochen waren vergangen, drei, vier, zehn, vielleicht Monate, er wußte nicht mehr, wie viele, erinnerte sich nicht. Aber wenn er jetzt zwischen Vergangenheit und Gegenwart verglich, zwischen der Nasha von heute und der Nasha von gestern, dann erkannte er, wie groß der Abstand war. Trotz Krankheit und Wunde konnte Nasha über sich selbst hinauswachsen. Oder vielleicht war es auch Husam, der reifer geworden war. Denn was bedeutete dies, was bedeutete jenes? Sakina, das zweifelhafte Haus und der moralische Verfall der Frau, das Milieu? Wer war für das Milieu verantwortlich? Wer war schuld an der ganzen Prostitution? Die hilflose blonde Sakina oder vielmehr Hadsch Iskander und al-Marbut? Wer von denen hat nicht sein Scherflein dazu beigetragen?

Er vernahm ein Geräusch von draußen und sah, wie Nasha erschrocken die Augen aufriß.

Freundlich sagte er: »Ich sorge mich um dich, Nasha.«

Sie schaute ihn verständnislos an.

»Wenn sie mich bei dir finden, nehmen sie dich mit.«

Ungläubig, fassungslos starrte sie ihn an. Zum erstenmal spürte sie, daß sich jemand ohne Hintergedanken für sie interessierte. Für Nasha als Menschen, nicht als Flittchen. Für Nasha, die niemanden hatte, die abgeschlagen war vom Baum. Es würgte sie im Hals, als ob sie ersticken müßte. Sie fühlte Trauer um ihn, Selbstmitleid und eine Melancholie, die durch die ganze Situation weiter genährt wurde. War dieser junge Kerl nicht ein armer Hund? War es nicht traurig und bedauerlich, daß er unter ihren Fittichen ausharren mußte, hier in diesem Hause, das sich alle Leute schämten, bei Tageslicht zu betreten? Selbst ihre Kunden? Ausgerechnet hier mußte er einschlafen, aufwachen, leiden. Vor Einsamkeit und langer Haft würde er womöglich ersticken.

Ein heftiger Windstoß fuhr durch die Fensterritzen und sämtliche Löcher. Die Blätter der Mohnstaude wogten, schwangen hin und her und klatschten gegen die Mauerwand.

»Keine Bange!« rief er übermütig wie ein Kind. »Heute nacht wird es stürmisch.« Er drehte das Gesicht zur Wand. »Aber ich sorge mich«, sagte er noch einmal. »Ich weiß genau, was ich tue, und wenn sie mich schnappen, halt ich's schon aus. Doch du bist nicht schuld, du sollst es nicht ausbaden.«

Sie betrachtete ihn erstaunt, bewundernd. Dieser Junge war trotz seiner Wunde, trotz seines Fieberwahns immer noch verständiger als Asem. Ja wirklich, er war besser als Asem, die große Liebe. Asem, das Herzblatt. Asem al-Marbut, der Mistkerl, der sich nicht um sie kümmerte und kein Erbarmen kannte. Liebe hatte sie ihm geschenkt, alle Liebe. Gehorsam und ein heißes Herz. Zahllose Befehle hatte sie ausgeführt. Dabei war sie nicht mehr als eine Nummer ganz oben auf einem Formular voller Rubriken und Symbole gewesen. Besser gesagt, ganz unten. Das Herz eines Politischen war schon komisch und sonderbar. Gegen die Liebe gefeit. Sogar sie, die Prostituierte, dachte nicht nur an Profit. Aber er addierte und substrahierte, multiplizierte und dividierte. Der berechnete das Gewicht von jeder Fliege und vergaß die Menschen bei seiner Kalkulation. Menschen waren für ihn Schachfiguren! Wirklich seltsam, das Herz von so einem Politischen!

Besorgt sagte er: »Die Tante ist seit gestern nicht zurück!«

Langsam zog sie den Faden durch den Stoff. Ihr Kopf blieb über den Stickrahmen gebeugt, als sie flüsterte: »Sie ist bei einer schweren Geburt, die blutet, blutet sehr.«

»Blutet?«

Bedrückt nickte sie. »Ja, sie blutet.« Dann hob sie den Kopf und schaute zum Fenster hinaus. Sie dachte an das Gesicht ihrer Mutter. »Alle müssen sie bluten, alle Frauen, weiß Gott. Mädchen und Frauen, mit und ohne Ehemann, alle, alle, wirklich ...«

Bitter und bekümmert fragte er: »Und wir?«

»Ihr?« Sie schaute in sein bleiches Gesicht. Verwirrt wiederholte sie die Frage: »Ihr? Wer weiß? Aber bei euch ist die Blutung nur äußerlich.«

Er lächelte matt. »Wie denn, äußerlich?«

Sie überlegte und dachte zurück, verglich, war unschlüssig. Endlich brach es aus ihr heraus: »Ja, natürlich äußerlich! Nur von außen, nicht mehr, weil nämlich eure Herzen aus Granit und Eisen sind ... Aber wir, wir, die Frauen, sogar eine wie ich ...«

Sie schlug sich mit der Hand, die noch die Nadel hielt, aufs Knie. »Sogar eine wie ich! Sogar die Nasha! Wenn sie liebt, dann liebt sie richtig, und wenn sie treu ist, dann richtig, und wenn sie fühlt, dann richtig, und wenn sie leidet, dann leidet sie auch richtig. Aber ihr …«

Sein Herz versank. Er spürte, wie es am Grund seines Rückens auftraf und das Bett berührte. Sahab fiel ihm ein, und was sie zu ihm gesagt hatte. »Du Schlauberger«, sagte sie, »noch nicht trocken hinter den Ohren, und schon von Liebe reden? Du erinnerst mich an einen großen Kommandeur, damals in Libanon, vor dem Desaster. Ich liebte ihn mehr als mein Leben. Jammerschade, denn eine Frau bedeutete ihm nicht mehr als ein Paar Socken. Jedes Paar in einer anderen Farbe, und jede Farbe in einer extra Schublade. Jede Schublade mit einer Nummer versehen, und der Schrank ist abgeschlossen. Er dreht den Schlüssel herum, öffnet den Schrank und die Schublade und nimmt sich ein Paar Socken heraus, die Farbe passend zum Anzug. Dann schließt er Schublade und Schrank, dreht den Schlüssel herum und marschiert los, als hätte er sich überhaupt nicht umgezogen. Das ist ein Führer, du Pfiffikus! Und du kommst daher und schwätzt von Liebe?« Gekränkt fuhr er auf: »Ich bin doch nur ein kleiner Kader und kein Führer!« – »Heute bist du vielleicht noch klein«, meinte sie besorgt, »aber morgen wirst du groß. Du mußt ja mal erwachsen werden.«

Nasha redete weiter: »Ich habe zu Asem gesagt: ›Bilde dir bloß nichts ein. Sogar ich, sogar die Nasha versteht zu lieben. Komm mir nicht mit Vaterland und Geschichte! Was ist denn die Heimat anderes als du und ich? Als wir, die Menschen?‹«

Wie vom Blitz getroffen fuhr Husam herum. Ihre Worte setzten sich in seinem Kopf fest, gingen ihm nicht mehr aus dem Sinn. Verblüfft flüsterte er: »Was ist die Heimat anderes als du und ich, als wir, die Menschen?«

Sie sah ihn an. »Was ist? Was sagst du?«

Er lächelte ein wenig. »Du kannst vielleicht reden, Nasha!«

Zornig herrschte sie ihn an: »Was soll das heißen? Selbstverständlich kann ich reden, bin ich denn bekloppt? Nur weil ich blond und hellhäutig und leichtlebig bin und in dem Haus hier wohne, sollte ich nicht reden können? Auch in diesem Haus bin ich immer noch ein Mensch! Ich habe ein Herz und eine Seele! Und wen ich liebe, dem bin ich richtig treu. Ein Mensch bin ich, warum kapierst du das nicht?«

»Ich verstehe, versteh schon.«

Sie provozierte ihn: »Was, du verstehst?«

Er senkte den Blick. »Ich habe angefangen zu verstehen.«

»Dann ist's ja gut.« Sie wandte sich wieder ihrem Stickrahmen zu.

Er schaute zur Wand, auf der die Lichtreflexe tanzten, und dachte an längst vergangene Tage. Damals war er nur hinter ihr her gewesen. Saß da auf der grünen Bank unter den Bäumen, hielt mit Narzissen und Märzenbechern Zwiesprache, betrachtete die Sonnenkringel auf dem verträumten Teich. Er überreichte ihr sein zweites Gedicht. Sie öffnete es, las und faltete es wieder zusammen. Dann lächelte sie. Ängstlich fragte er: »Gefällt es dir etwa nicht?« Sie meinte: »Es geht, besser als das erste, aber noch zu …« – »Noch zu? Was denn?« – »Zu klein«, sagte sie. »Welches? Das erste oder das zweite?« Sie wies ihn zurecht: »Die Idee meine ich. Du kleiner Schlaumeier, im ersten Gedicht war ich die Mutter, jetzt bin ich der Boden, und morgen werde ich natürlich das Symbol sein. In Wahrheit, du Tausendsassa, bin ich weder die Mutter noch der Boden, noch sonst ein Symbol. Ein Mensch bin ich, ich esse, trinke, träume und mache Fehler, ich lasse mich gehen, berausche mich, quäle mich und rede mit dem Wind. Ich bin kein Symbol, eine Frau bin ich!« Gefühlvoll erwiderte er: »Du bist Sahab, meine Wolke!« Sie lachte aus vollem Halse. Den Kopf zurückgeworfen, raunte sie: »Und du bist ein Träumer, der sich nach Horizonten sehnt.«

Er murmelte zerstreut, während das Licht weiter über die Wand flimmerte: »Ich sehne mich nach Horizonten.«

Sie stutzte. »Was sagst du?« fragte sie irritiert. »Glaubst du mir nicht? Weshalb sollte ich denn glauben, daß du liebst. Jetzt paß mal auf. Es kann sein, du bildest dir ein, daß du verknallt bist. Vielleicht brennst du vor Liebe. Begehrst sie. Findest erst Ruhe, wenn du in ihrem Schoß liegst. Vielleicht brauchst du ja ihre Liebe. Aber liebst du darum auch wirklich?«

Er schüttelte den Kopf, als hätte man ein Glas kaltes Wasser über ihm ausgekippt, und stammelte verwirrt: »Vielleicht brauche ich ihre Liebe? Vielleicht finde ich erst Ruhe, wenn ich in ihrem Schoß liege? Und wenn dabei das Symbol verlorenginge? Geht das Symbol verloren?«

Wieder starrte er in das tänzelnde Licht und überlegte: Wenn nun das Symbol verloren wäre? Ihn schauderte. Wenn das Symbol verloren ist, bin ich dann nicht auch verloren? Was bliebe mir noch?

Über den Teich flirrte das Licht. Sie begann zu lesen und lachte lauthals: »Besser als das zweite und das erste. Ich bin nicht mehr der Boden, nicht das Symbol, auch nicht die Sonne. Jetzt bin ich das Gefühl!« Er sagte: »Das ist eben das Geheimnis: Ist das Symbol tot, bleibt das Gefühl.« – »Tatsächlich«, bestätigte sie, »wenn das Symbol tot ist, lebt das Gefühl weiter.« Er streckte ihr die Hand zum Abschied hin. »Schade«, murmelte er, »zu schade!« – »Ja, schade, schade!« rief sie. »Aber so ist nun mal die Welt. So ist der Führer und so der Künstler in einer öden, verlassenen Welt ohne Menschen. Der Führer legt die Hand aufs Herz und hat nur die eine Angst – daß seine kleine Kerze von einem kalten Windstoß ausgeblasen wird. In Kriegszeiten triumphiert der Tod über das Gefühl!«

31

Stockdunkel war es in der Gasse. Sie prallte mit ihm zusammen.

»Wer bist du? Wer?« flüsterte sie entsetzt.

Er zog die Kefije vom Kopf. »Keine Angst! Erkennst du mich nicht?«

Sie kreischte auf und rief erleichtert: »Achmed? Nashas Bruder? Du bist aber groß geworden!«

Er lächelte traurig, seine Augen flackerten.

Schnell sagte sie: »Komm hier lang. Die Kontrollpunkt ist ganz in der Nähe, da ist Militär postiert.«

Sie schob ihn in einen dunklen Bogengang, unter eine Gewölbebrücke aus verfallenem Mauerwerk. Ganz oben ein Fenster mit Blumentöpfen. Nelken, Fresien, Gewürzpflanzen. Er schaute hinauf. »Nelken und Fresien«, seufzte er. »Die Tage vergehen wie nichts. Weiß ich, wann mal Schluß ist?«

»Wann Schluß ist?« Sie sah ihn lächelnd an. »Du bist doch noch jung.«

»Wer ist heutzutage jung?« erwiderte er traurig. »Nicht mal die Kinder!«

Sie stieß ihn in einen Winkel und stellte sich vor ihn. »Pst! Soldaten!«

Eine Militärpatrouille von sechs Mann marschierte vorbei, alle mit Helmen und schwer bewaffnet. Vorsichtig trat sie hinaus und beobachtete, wie sie durch die enge gepflasterte Straße abzogen. Von Zeit zu Zeit fuhr einer herum, als ob ihn etwas gestochen hätte. Urplötzlich drehte er sich um sich selbst, vollführte einen Satz, ging in die Hocke. Nervös spielte er am Abzug herum, richtete die Mündung nach oben und suchte nach einem Kopf, einem Auge, irgendeinem verdeckten Vordach.

Sie kehrte zu ihm zurück. »Bist du hungrig?« fragte sie. »Bestimmt hast du Hunger.«

Er lächelte verschämt. »Ich habe Durst und muß dringend mal. Wie gern würde ich wieder einmal richtig baden. Der Dreck steht seit zwei Jahren, und kein Bad. Waschlappen und Seife, und ein Bad, so heiß wie die Hölle!«

Sie zog ihn durch finstere Gänge, unter Gewölbebrücken weiter, über eine Treppe, noch einmal Stufen, und schon waren sie in Bab as-Saha, in der Gasse bei Sitt Sakija, der Mutter der Jungs. Samar klopfte an und öffnete die Tür. Sie trat ein, der Vermummte folgte ihr. Die Hadscha war gerade bei der rituellen Waschung. Sie hob die Brauen und fragte: »Wer ist das?«

»Es ist Achmed, Hadscha. Nashas Bruder.«

Blitzschnell schoß ihr durch den Sinn, was sie alles von ihm gehört hatte. Achmed, das Kind ohne Kindheit. Achmed, wie er weinte, wie er von einem anderen Leben träumte, von der Flucht nach Amerika, von Madonna und Dallas. Dann die Tragödie, die Mutter, hingeschlachtet auf dem Platz, und Nasha ganz allein, abgeschlagen vom Baum.

»Achmed? Na so was! Gott schütze dich! Du warst aber lange fort, Söhnchen. Deine Schwester ist vor lauter Angst um dich ganz unglücklich und verhärmt. Na, komm her, mein Lieber. Möchtest du was essen? Was trinken? Ein Bad nehmen? Soll ich dir Tee machen oder Kaffee? Soll ich dir Eier kochen oder lieber Spiegeleier braten? Oder paß auf, ich mach dir ein Omelett mit Salat. Geh rein und bade dich, mein Söhnchen. Wenn du fertig bist, ist der Tisch gedeckt.«

Axt und Messer in den Händen, begab sich der junge Mann ins Bad.

Samar flüsterte: »Er hat eine Axt dabei, Hadscha. Ich habe Angst um Nasha.«

Sie wischte sich die von der Zwiebel tränenden Augen mit dem Gebetsumhang. »Nein, du brauchst dich nicht zu fürchten ... « Doch dann erinnerte sie sich, was die Leute über die Geschichte mit seiner Mutter geredet hatten. Sie wandte das Gesicht ab und schaute hinaus zu den Kuppeln des Ofens und der Moschee. »Aber weiß ich's denn, Töchterchen«, flüsterte sie besorgt, »wer weiß es schon?«

»Was machen wir nun?«

»Liegt es in unserer Hand, meine Kleine?«

Samar starrte sie an. »Es muß aber bei uns liegen.«

Plötzlich dachten beide an das Gespräch, das sie Wochen zuvor in ähnlicher Weise geführt hatten, und sie lächelten wehmütig. Samar stand am Fenster und betrachtete das Minarett und die Moschee. Ein Scheich stieg hinauf, hoch über die Dächer. Der Wind spielte mit seiner Gebetskette, zerrte an seinem langen Gewand. Die Gebetskette der Hadscha fiel ihr ein, und wie sie unaufhörlich gebetet hatte: »Allah, Mohammed, Jesus und Moses, Allah, Mohammed, Allah, Mohammed.« Damals hatte Umm Assam so gebettelt: »Ich koch auch das Essen für dich, Hadscha, ich halte dein Haus sauber und trag dir die Tasche von Haus zu

Haus.« Aber die Hadscha war standhaft geblieben. »Als Frau hat man nichts weiter als sein Heim.«

Samar schielte aus den Augenwinkeln zu ihr und fragte: »Was ist eigentlich aus Umm Assam geworden, Hadscha?«

Die Hadscha schlug ein Ei auf. »Eine Frau hat nichts als ihr Heim«, erklärte sie vollkommen überzeugt.

»Aber er hat mit der Teekanne nach ihr geworfen!«

Sie verrührte das Ei mit der Gabel, wobei sie sich hingebungsvoll mit dem Zahnersatz auf die Lippen biß. »Einer Frau kann allerhand passieren, Großes und Kleines, doch sie erträgt es geduldig. Der Mann im Haus ist Schutz und Krone auf dem Kopf.«

»Hadscha, die Teekanne!«

»Schluß damit, Töchterchen, wir haben alles geregelt. Gott sei Dank! Sie ist in ihr Haus zurückgekehrt und gut aufgehoben. Reich mir mal einen Teller rüber und eine Gabel, ein Messer und den Wasserkrug, und dort drüben steht der Korb, da sind Apfelsinen drin.«

»Und die Axt in seiner Hand, Hadscha?«

»Gott wird es richten, Töchterchen. Gib mir das Brot.«

»Nasha wird vielleicht umgebracht, Hadscha!«

»Vertrau auf Gott und fürchte dich nicht.«

»Ich habe aber Angst.«

»Rezitiere die Fatiha und die Sure Ja Sin. Wenn du betest, vergeht deine Angst. Ihr jungen Mädchen habt heutzutage allesamt keinen Glauben und keine innere Ruhe mehr. Hör auf mich, fang gleich heute damit an.«

Gedankenverloren blickte das Mädchen vor sich hin und dachte insgeheim: So ein Omelett hat doch sein Gutes, immerhin haben wir Nasha damit vor der Axt gerettet!

32

Sie rannte los, und schon stieß sie mit ihm zusammen. Er baute sich vor ihr auf und tobte: »Wo kommst du her? Was soll dieses Hin und Her?«

Sie starrte in sein rotes, wütendes Gesicht, auf das zornig gesträubte Bärtchen. Einen Moment lang fürchtete sie sich und wich seinen Augen aus.

»Wo du hinwillst, frag ich.«

Sie dachte an Nasha und die Hadscha, an Umm Assam und die Teekanne, den Fragebogen und all die Frauen, an gebrochene Herzen und den Verband. Gedachte jener Nacht, der Schläge, der tonnenschweren Schmach. Dieser Riß würde sich nicht mehr schließen, er wurde immer größer. Dann die Axt, die Sperre, die Felsblöcke. Nicht jede Barriere zerfällt wie Kleie, wenn sie mit Zuckerwasser getränkt wird. Und manchmal wird auch der Tod verzuckert.

Wütend schrie er: »Marsch ab, nach Hause!«

Wieder starrte sie ihn an. Sie spürte keine Angst mehr, nur noch Ärger und brennenden Zorn. Sie blickte in ihr Innerstes, bis auf den Grund. Sechsundzwanzig, ich bin jetzt sechsundzwanzig Jahre alt, aber vor ihm werde ich jedesmal zum Flaschenbaby. Sechsundzwanzig … Zeugnis, Anstellung, Studium – bei ihm bin ich gefügig wie Teig. Sechsundzwanzig. Dieser politisierte Pferdeknecht hat die Mähre fest am Zügel. Die Mähre bin ich, und er ist der Pferdeknecht.

Er fuchtelte mit dem Arm, gleich roch es nach Schweiß und heißem Backofen. Die Ausdünstungen seiner Achselhöhle erinnerten an Kuchenbleche, Feuer und Bäckerwerkzeug. Dieser Bäcker, dieser Arbeiter, war er nicht der Befreier seiner Heimat und Klasse? »So sollte es jedenfalls sein«, hatte Sahab im Verband gesagt,

»aber zur menschlichen Zivilisation braucht es Bewußtsein und logisches Denken. Ohne Bewußtsein keine Zivilisation, und ohne Zivilisation zerbricht der freie Mensch.« – »Und die Klassenzugehörigkeit?« – »Ein Baustein in der Pyramide, nur ein einzelner Stein.« – »Und die Freiheit? Der Ruf der Erde?« – »Nur eine Note in der Symphonie.« – »Und das Herzeleid?« – »Bleibt verborgen, wenn es nicht öffentlich gemacht wird. Liebe bedeutet nicht Unterwerfung, feste Normen, Geschäft. Wir sind keine Ware!« Die eine schrie, die andere sang. Parolen rufend, marschierten sie aus dem Verband. Auf der Straße bildeten sich zwei Fronten, auf der einen Seite die Männer, auf der anderen das Militär. Die Schläge bekamen die Frauen ab.

Eine Patrouille rückte an. Die Soldaten machten Halt und schikanierten jeden Passanten. Sadek drehte sich um und wühlte in seiner Tasche. Wo war bloß der Ausweis? In der oberen Tasche? In der unteren? In der Hose oder in der Jacke?

Sie sah ihm zu, du lieber Gott! Auf einmal war sein Blick gar nicht mehr böse. Es kümmerte ihn nicht mehr, daß sie mitten auf dem Markt standen. Jetzt war er kein Kraftprotz mehr, der sich in den Schultern wiegte. Nur noch ungeschoren davonkommen wollte er.

Wieder schaute sie ihn an. Er fragte sie bekümmert: »Samar, Schwesterchen, hast du nicht meinen Ausweis gesehen?«

Sie lächelte schadenfroh. Dann traurig. Schließlich sanft. »Keine Sorge«, sagte sie bedächtig. »Ich stehe dir schon bei. Ich stell mich vor dich hin, da sehen sie dich gar nicht.«

Und wirklich, sie stellte sich vor ihn hin, und die Soldaten marschierten vorbei, ohne ihn zu bemerken.

Sie, die zwischen zwei Polen hängt

33

Nasha!« schrie sie. Mit beiden Händen trommelte sie an die Tür. »Nasha, Nasha!« Sie trat mit dem Fuß dagegen. »Mach auf, Nasha! Schnell, schnell!«

Nasha kam heraus. »Was hast du denn«, schimpfte sie leise, »bist doch sonst nicht so nervös? Ich muß mal eben aus dem Haus, setz dich derweil zu ihm. Ich will auf den Suk und Arznei für ihn kaufen.«

»Nein, Nasha! Ich muß dir etwas sagen.«

Wenige Augenblicke später sprang und tanzte Nasha herum, vorbei am Narzissenbeet, an den Kräutern, den Mohnstengeln, zum Tor hinaus und auf die Gasse.

Samar ging zu ihm hinein, er war allein im Zimmer. Das spärliche Licht mußte wohl von ihm ausgehen. Er sah ihr direkt in die Augen, als ob er sie durchbohren wollte. Dann, ganz unerwartet, diese heftige Gefühlsregung. Mit fiebrigem Gesicht, von heißem Verlangen getrieben, flüsterte er leidenschaftlich: »Komm her zu mir.«

Wie verzaubert näherte sie sich ihm.

»Setz dich neben mich, ich bin so einsam.«

Sie setzte sich, ein Zittern überlief sie. Ihre Augen hingen unverwandt an den seinen.

Er stand auf und ging ein paar Schritte, mußte sich stützen, schwankte. Er versuchte, souverän zu erscheinen, aber in seinen Augen lag Bitten, lag eine verzweifelte Trostlosigkeit und Verlassenheit. Er wies auf seine Brust. »Da, in meinem Herzen ist tiefe Leere. Hier drin ist ein Riß, und du hast ihn auch.«

Sogleich fühlte sie, wie sich der Riß auftat. Die ganze Zeit war er da gewesen, hatte aber nicht geblutet oder wie eine richtige Wunde ausgesehen. Sie fühlte, wie es sie brennend heiß durchfuhr, wie sie Feuer fing.

»Nimm meine Hand«, sagte er, »und versprich mir, daß du mein bist.«

Sie zitterte. Hatte Angst. Zögerte. Zaghaft flüsterte sie: »Und Sahab? Was ist mit Sahab?«

Er hörte nicht, was sie sagte, stöhnte nur: »Mein Herz ist so verlassen. Ich bin ihr nah und doch fern. Über Täler und Pfade und Hügel im Westen sah ich sie schweben. Ferne Lichter, zu Tausenden, und ich stehe hier und sage: mein Land. Doch sie ist nicht mein Land. Ich sage: mein Boden. Und sie ist nicht mein Boden. Ich sage: das Licht. Aber sie ist das Feuer. Ich irre umher, rufe den Wind, und mein Herz verzehrt sich in Liebe und heißer Qual. Ich sage: einst war sie … und sage: sie wurde zu … Warum war sie das eine und ist jetzt das andere? Wer ist verloren? Bin ich es, oder ist es mein Weg? Mein Weg führt weit fort, ist vergessen irgendwo am Rande der Erde. Ich bin der Verlassene, und der verläßt. Ich bin der Geliebte und der Liebende. Sahab, das Trugbild, trägt mich davon wie auf einem fliegenden Teppich. Sie ist die Revolution, von Stürmen umweht, sie ist die Intifada, ein Stirnband der Angst. Ich fürchte, sie zu verlieren und mich dazu. Ich fürchte zu bleiben, fürchte zu fliehen. Ich fürchte, die Nacht saugt mich auf und ich vergesse meine Gelübde. Aber wenn du mir versprichst, bei mir zu bleiben, werde ich nicht vergessen.«

Bewegt flüsterte sie wieder: »Und Sahab? Sahab?«

Wie im Fieber brach es aus ihm heraus: »Wenn du zu mir hältst, wirst du Sahab!«

»Aber du bist so weit weg!«

»Nein, gar nicht weit. Ich stamme aus demselben Land wie du, von derselben Erde. Ich komme von dem Platz, der uns in der Kindheit vereinte, als wir noch mit Flugschriften spielten, unsere Namen auf die Wände schrieben und riefen: ›Es lebe die Revolution in Ägypten!‹ Begreifst du, fühlst du, was ich sagen möchte?«

Sie nickte. »Ja, ich versteh schon.«

»Aber fühlst du die Liebe?«

All ihre Wunden sprangen auf. Ohne zu schreien, doch voller Qual, rief sie: »Hab Mitleid! Du verletzt mich hundertmal. Mein Herz war ruhig und zufrieden. Wie kann es jetzt noch gefaßt bleiben? Ich kam ja nur hierher, um sie gegen Sakina zu verteidigen und zu schützen. Da gerate ich in diese verrückte Situation, wie sie nicht mal auszudenken ist. Auf einmal bin ich diejenige, die fliehen muß, und nicht Nasha. Du hast mir so weh getan. Mein Herz ist schwer, meine Gedanken sind durcheinander. Als ob mir alles zu eng geworden wäre. Hab Mitleid, hab Mitleid.«

Er wiegte den Kopf. »Und ich, verdiene ich kein Mitleid?«

»Doch, schon. Aber ich meine, du solltest die anderen nicht verletzen.«

»Und ich, bin ich nicht verwundet?«

Sie sah ihn an, und die ganze Tragödie wurde ihr bewußt. Von dieser Wunde würde sie nie mehr genesen.

Er sagte: »Also versprich mir noch einmal, daß du zu mir gehörst.«

Schwankend stand sie im Zimmer. Sie fühlte, wie Dunkelheit sie aufnahm und in Wüsten der Leidenschaft entführte. Gequält flüsterte sie: »Was für ein Wahnsinn. Welche Glut, welche Sehnsucht.« Sie betrachtete sein fiebriges Gesicht. Sie haßte ihn, und war ihm doch im selben Moment verfallen. Gepeinigt murmelte sie: »Du bist schuld an meinen Qualen, schuld an meinen Tränen.«

Er sah sie mit seinen schwarzen Augen an und flüsterte zärtlich: »Und ich bin es auch, der deine Tränen beschützt.«

34

Alles war entschieden. Sie liebte einen Mann, der fern von ihr war und ihr nicht zustand. Einen kurzen Augenblick lang fühlte sie sich schuldig. Doch das ging gleich vorüber und war vergessen. Wieder bestand die Welt nur noch aus seinen Augen. Nichts mehr von Nasha, von Opfer und Henker, nichts von Achmed, vom erdrückenden Milieu, von Geschichte und Wurzeln im Boden, von Sonnenlicht und Meereswellen. All das war nichts gegen seine Stimme.

Er streckte ihr die Hand hin. »Komm her«, sagte er leise.

Sie erhob sich vom Stuhl und ging zu ihm. Willenlos, bewußtlos, ließ sie sich auf den Boden neben sein Lager gleiten und vergrub den Kopf in den wogenden Kissen. Die ganze Welt drehte sich, dann stürzte alles über ihr zusammen, und sie war die Gefangene einer großen Liebe.

»Nie im Leben wollte ich dich ihr wegnehmen«, sagte sie, von Reue gepeinigt. »Seit eh und je habe ich dich im Viertel gesehen. Du gingst an mir vorbei, und ich habe nicht reagiert. Natürlich hast du mir gefallen, warum sollte ich es leugnen? Aber du warst mir fern, und sie war immerhin Sahab. Alle Welt wußte ja von deiner Affäre mit ihr.«

Ihm wurde schwarz vor Augen. »Alle Welt wußte darum«, flüsterte er seufzend. Das Licht flackerte über die Wand, als wollte es jede Einzelheit verzeichnen. Verblüfft dachte er: Gab es wirklich zwischen uns eine Affäre? War das überhaupt eine Affäre, oder waren es nur Träume und Alpträume? Ich habe sie nicht berührt, sie hat mich nicht berührt. Niemals habe ich sie in den Arm genommen, bin ich durch die Welt gezogen und habe mit ihr zusammen das Grollen des Donners herausgefordert. Sie war dort, ich war hier. Zwei vollkommen getrennte Teile – der Kopf im einen Wadi, der Rumpf im anderen.

Bekümmert sagte sie: »Stell dir vor, stell dir nur mal vor, wenn Sahab erfährt, daß ich sie hintergehe! Sahab ist doch wie eine Schwester für mich, genauso wie Nasha und die anderen Mädchen und Frauen. Du bist ein Mann in einem Viertel, das alles Männliche vergöttert. Aber Sahab ist wie meine Schwester, ständig begegne ich ihr im Verband. Ich höre ihr zu, wenn sie von unserer Situation spricht, und sage Amen! Im Verband diskutieren wir, Sahab, die vielen Mädchen und ich, über die Geschichte, die Folgen der Erziehung und den ganzen Schwindel. Wir meinen, Repression, das ist nicht bloß der Mann und fertig. Auch die Frauen zerfleischen andere bis auf die Knochen, die werfen sie den Straßenkötern vor. Wir Frauen nehmen eben keine Lehre an. Immer müssen wir auf den Grenzen von anderen Leuten kämpfen und herumstreiten. Wenn ich meine Grenze gekannt hätte, wäre mir das alles nicht passiert. Denn du bist auf ihrem Gebiet, nicht auf meinem.«

Aufgebracht brummte er: »Soll das heißen, ich bin so etwas wie eine Hinterlassenschaft, die zwischen den Erben aufgeteilt wird? Ich bin keine Hinterlassenschaft!«

»Nein, das meine ich nicht. Aber warum sind wir eigentlich überhaupt geteilt? Als ob die ganze Welt nur aus Teilen und Zugeteiltem besteht?«

»Wer ist es denn, der teilt!« fragte er verärgert. »Wer macht den Richter? Du etwa?«

»Nein, nein, natürlich nicht«, antwortete sie verwirrt. »Wer sagt, daß ich es wäre?«

»Dann wohl der Scheich, der Pfarrer und die Kirche?«

»Nein, natürlich nicht.«

»Wer dann?«

Verlegen flüsterte sie: »Ich weiß es nicht.« Sie versank in tiefes Schweigen.

Er schaute zur Wand, über die der Widerschein der untergehenden Sonne flimmerte und schattiges Blattwerk tanzen ließ.

»Wirklich, ich habe sie geliebt«, sagte er. »Ich war ja noch so jung. Jahre und Jahre drehte sich alles nur um sie. Ich schrieb Gedichte, Erzählungen. Ich träumte soviel, schwindlig wurde mir davon. Immer war ich unterwegs, die Tage vergingen wie nichts, während ich darauf wartete, daß die Sonne im Westen aufginge. Ich zog durch das Land und bezwang die Berge, für mich waren sie wie die Pyramiden. Aber ich wurde erwachsen. Besser gesagt, meine Situation änderte sich. Wodurch? Vielleicht durch Nasha, vielleicht durch die Ereignisse, die wie ein Sturmwind über uns hereinbrachen. Dann kommt es eben vor, daß man plötzlich von einem gegebenen Versprechen zurücktritt. Doch was ist aufrichtiger? Wenn ich einen Standpunkt aufgebe, von dem ich nicht mehr überzeugt bin, weil er sich gewandelt hat? Oder wenn ich mich an ein altes Gemäuer klammere, nur weil es mich einmal beherbergt hat, als ich noch klein war? Standpunkte wandeln sich, sogar Gesichter, Geschichte, Gefühle, selbst Versprechungen. So ist die Welt nun mal, sie dreht sich immer weiter. Können wir da stehenbleiben? Können wir für die Veränderung streiten und kämpfen, uns selbst bezwingen und verleugnen, und uns gleichzeitig den Gesetzen der Veränderung widersetzen? Genau das wäre Repression, das ist der Schwindel, von dem ihr in eurem Verband redet. Wollt ihr, daß wir das Rad anhalten und zurückdrehen? Daß wir das Aufteilen bejubeln, und nicht den Wandel?«

Sie schwieg, es hatte ihr die Sprache verschlagen. Aber in ihrem Kopf summte es wie in einem Bienenstock.

Erschrocken, bestürzt, starrte sie ihn an. Was, wenn er mir nun sein Versprechen gibt und es nachher im Namen der Veränderung bricht? Wenn er mir seine Liebe schenkt und die Liebe im Namen der Veränderung dahinschwindet? Was, wenn ich ganz und gar in ihm aufgehe und meinen Namen im Namen der Veränderung vergeße? Wenn plötzlich ein Sturm aufkommt und mir sein Herz entreißt? Was bliebe mir noch? Der Tod, die Angst? Oder gar nichts? Die Rüstung Angst schützt selbst den Weisen nicht. Dies wäre die Lösung, dies mein Rüstzeug: Stirb lebendigen Leibes. Entsage dem Dasein. Schließe die Augen. Verschließe die Tür. Lebe dein verödetes Leben, und hülle dich in die Gewänder des Todes.

35

Im Überschwang ihrer Sehnsüchte hatte sie Nasha völlig vergessen. Meditierend hielt sie Zwiesprache mit dem Pulsschlag ihrer Gefühle. Begierig ließ sie sich von jedem Hoffnungsschimmer verführen und malte sich eine Zukunft voll leidenschaftlicher Liebe aus. Der lange zurückgehaltene Gefühlsstau brach endlich auf, er flutete, strömte über sie hinweg. Nichts mehr, nur noch ein heißes, zehrendes Verlangen … Die Welt tat sich auf. Grünes Land bis in den Himmel hinein, in unendlichen Farbschattierungen, voller Flaggen, Kometen, Vulkane …

Sie merkte nicht, wie die Zeit verrann. Stunde um Stunde verging, während sie zu seinen Füßen saß. Manchmal war sie Mutter, dann wieder Liebende bei ihrem Geliebten. Jedes Ding hatte eine andere Bedeutung, eine andere Nuance. Das Rascheln des Mohns draußen. Der Wind, das Piepsen eines Vogels. Die Stille des Zimmers. Das Lampenlicht. Sein Atem, der röchelnd anschwoll und stockte, daß sie vor lauter Angst fast verrückt wurde. Sie strich über sein Gesicht, befühlte seine Stirn, streichelte sein Haar und zog ihm die Decke über die Schultern. Die schönsten Namen gab sie ihm. Wenn er etwas murmelte, glaubte sie, daß er ihr im Traum etwas zuflüsterte. Dann sagte sie: »Ja? Befiehl nur, rufe mich, wiederhol es noch einmal, so antworte doch. Meine Seele würde ich für dich hingeben, du mein Liebster, mein Augenlicht, du mein Ein und Alles.«

Nasha kam nicht zurück. Dafür stand auf einmal Achmed da. Er war weder zur Hintertür noch ganz normal zum Tor hereingekommen, noch hatte er einen Fuß in den Gang gesetzt. Trotzdem stand er plötzlich wie aus der Erde geschossen in der Zimmertür und beobachtete sie, wie sie auf der Erde hockte. Erschrocken schrie sie auf: »Wo kommst du denn her!«

»Aus dem unteren Speicher, unter der Erde.«

»Wieso habe ich dich gar nicht gehört?«

Er würdigte sie keiner Antwort, ging geradewegs zu dem Schlafenden und betrachtete ihn. Die Axt warf er auf das Kanapee.

Husam schlug mühsam die Augen auf. »Wer ist da? Wer?« fragte er freundlich.

Sofort setzte sich Achmed auf den Bettrand und erklärte hastig: »Hör zu, hör mir zu, und unterbrich mich nicht. Ich bin gekommen, um dich zu den Jungs mitzunehmen. Ich habe noch zwei bei mir, die warten draußen, bis die Nacht anbricht und ich ihnen Bescheid gebe. Es ist kalt. Leg ihm einen Pullover und Decken zurecht und beschaff ein Holzbrett, auf dem er sich ausstrecken kann. Es ist ein langer Weg bis zum Gipfel, und die ganze Strecke ist mit Militär gespickt. Aber wir kennen die Schleichwege, in einer halben oder vollen Stunde sind wir im Steinbruch bei den Jungs.«

Sie fühlte, wie sich alles um sie drehte. Was denn? Sollte die Liebe schon verloren sein? Zum erstenmal hatte sie einen Mann umarmt, hatte zu ihm gesagt: »Du mein Geliebter.« Da auf dem Boden, an seinem Bett hatte sie gesessen, halb schlafend, halb wachend, wie von federleichten Wellen gewiegt.

Entschlossen erklärte sie: »Ich gehe mit ihm, wohin ihr ihn auch bringt.«

Er sah sie scharf an. »Mädchen sind verboten.«

»Nein, überhaupt nicht verboten«, beharrte sie. »Ich gehe mit ihm.«

»Du kommst nicht mit!«

»Und ob ich mitkomme!«

Nervös brüllte er los: »Du willst wohl so eine wie Nasha werden!«

Wutentbrannt starrten sie sich an. Jetzt war alles klar – Achmed lauerte Nasha auf. In ihren Ohren hallten die Worte wider: »Du willst wohl so eine wie Nasha werden … wie Nasha werden!«

Das Außentor quietschte, Schritte im Gang. »Nasha!« rief sie und sprang auf. Er stieß sie zurück und hob warnend den Finger: »Pst, kein Wort!«

Minuten voll Spannung vergingen. Aber es war nicht Nasha, die hereintrat, sondern die Hadscha. Ohne Vorrede und Umschweife platzte sie heraus: »Nasha kommt nicht, ich habe sie gewarnt. Und jetzt, jeder marsch, ab nach Hause!«

Samar ging, ebenso die Hadscha. Die beiden jungen Männer blieben allein zurück. Dann kamen noch zwei, nahmen die Trage auf, und fort ging es, über die Geheimtreppe durch den Speicher, vorbei am Brunnen für die rituelle Waschung, am Kadi-Bad und Müllplatz, am Adasi-Hof, zum Friedhof, zwischen den Gräbern durch, über die Felsen, vorbei an dornigen Feigenkakteen und Grotten. Dann der Beobachtungsposten, die Tini-Brücke und Blibos, Einfriedungen aus Feldsteinen und verlassene Häuser, hernach das Krankenhaus und ein beschwerlicher Pfad. Endlich der Steinbruch. Eulenrufe in der Dunkelheit.

36

Du kannst sagen, was du willst«, sagte Achmed, verschämt beiseite blickend, »aber sie würde mir nur Schande bringen, und dir auch.«

»Und wer ist dafür verantwortlich?« fragte Husam.

Er antwortete nicht, wandte sich in Gebetsrichtung. Sie schauten hinunter. Da lag die Stadt wie ein Teppich vor ihnen ausgebreitet. In dem gewaltigen Wadi sahen die Häuser wie Steinchen im Flußbett aus. Der Gipfel gegenüber, wo die neuen Gebäude in die Luft geflogen waren, schien bis in den Himmel zu ragen. Trotz der Sprengungen und Brände grünten die schwärzlichen Bäume, schimmerten Felsgestein und Himmel noch immer blau.

Ihrer beider Bild tauchte vor ihm auf. Neue Liebe, alte Liebe. Eigentlich war es immer dieselbe Liebe. Sie war der Boden, das Höchste, nichts ging darüber. Aus vollem Halse hatte sie gelacht: »Ich bin kein Boden, ich bin eine Frau. Ich esse, trinke, träume und mach Fehler, ich lasse mich gehen, berausche mich, quäle mich und rede mit dem Wind. Ich bin nicht der Boden. Wann wirst du endlich erwachsen?« Er lächelte still. Ich und erwachsen? Wenn erst das Herz alt wird, altern die Träume. Und wenn die Träume altern, reichen sie nicht höher als ein Haufen Dreck. Aber ich bin einer, der sich nach Horizonten sehnt, in meiner Erinnerung bleibst du Sahab, meine Wolke.

Traurig, bekümmert erzählte Achmed: »Ich habe nach ihr gesucht und sie nicht gefunden. Von Gasse zu Gasse bin ich ihr gefolgt. Sie hat Angst vor mir. Bestimmt lungert sie irgendwo herum, halbtot vor Hunger.«

Husam nickte bekräftigend mit dem Kopf, als er ihm versicherte: »Morgen kommt sie zurück, sie kommt morgen wieder.«

Achmed drehte sich zu ihm um und lächelte ihn strahlend an. »Die Samar liebt dich, Mann! Wirklich, die muß verrückt sein. Was liebt sie bloß an dir?«

»Ja, sie ist halt verrückt.«

Er lächelte traurig. In Kriegszeiten triumphiert der Tod über das Gefühl. In Zeiten des Krieges siegt das Symbol über das Gefühl, das ist wie ein Unterpfand. Das Symbol wird größer und größer, der Riß wird breiter und schließt sich nimmermehr. Was das andere betrifft – Grundsätze, Satzungen, Besetzung –, so mußt du dir eben sagen: Dies ist die Zeit der Verwundbarkeit. Der Verwunderung. Ja, der Wunder.

Achmed sagte wehmütig: »Sie nahm mich bei der Hand und kaufte mir kandierte Mandeln und Schokolade. Immer hat sie gesagt: ›Bald fahren wir nach Amerika, dort kennt uns keine Menschenseele.‹ Ich sag ihr: ›The Love Boat‹, und sie darauf: ›Madonna‹. Ich sag: ›Jackson«, und sie: ›Dallas‹. Dallas, mein Lieber, im Fernsehen und in Wirklichkeit!«

Er nickte. Ja, weiß Gott, Dallas, Dallas ... lauter Schwindel und Betrug. Dabei verblüht das Mädchen und wird eine alte Jungfer. In Washington, da haben sie ihren Senat und Kongreß und ihre Flottenverbände. Aber wir hier haben bloß Tappergreise und sture Böcke und flotte Trinker. Das löse mal, gesegneter Löser aller Fragen! Sie lösten das Hosenband – und unsere Blöße ist in Moskau zur Schau gestellt.

Jetzt müßte man in See stechen! Die Welt um ihn schwankte, er war ein Segler unter dem Wind. Doch die Beine machten nicht mit, und das Herz war gebrochen. Die Hand streckte sich aus, nach Horizonten, bekam aber nichts als leere Luft zu fassen. Das Leben verrann auf Straßen und Plätzen, in Grotten, an Einfriedungen, in Steinbrüchen.

Wo ist das Tor ins Freie, Grundgütiger? Wo ist das Tor, Allmächtiger? Jeden neuen Tag eine neue Wunde, und der Kreis kreiselt unaufhörlich weiter, wird immer verwickelter. Wo ist die Erlösung? Gestern kampierten wir in Sakinas Haus. Heute sind wir Bittsteller in Tunis. Zuvor war es Beirut. Morgen wird es deine Wüste sein, Mekka, und der Strom des Erdöls. Sattelt die Stuten, sattelt sie, und zählt die Pferde der Araber! Ich fürchte nur, unsere Schande wird größer sein als unsere Träume.

»Die Sperre muß weg«, sagte Achmed. »Verflucht, wer sie gebaut hat! Wie Blutegel haben sie uns ausgesaugt. Was haben die bloß mit uns gemacht? Das Ding muß weg!«

Er wandte sich ihm zu, sah ihm ins Gesicht. Nasha fiel ihm ein und das Profil von Samars Gesicht, messerscharf geschnitten. Wehe über die Generation von heute! Niemals darfst du verzweifeln, Achmed. Ach, wären die Beine lang genug, die Augen scharf, der Arm nicht zu kurz! Käme doch die Revolution von El Salvador herüber nach Damaskus geschossen! Wie eine Rakete müßte der Gigant in Amman einschlagen! Wenn sich der große Reisende Ibn Battuta doch nie zur Ruhe gesetzt hätte! Wäre der Kommandant nicht so saturiert! Bliebe der Bauch stets den Wechselfällen des Schicksals unterworfen! Wäre der Lauf der Dinge den Reimen des Verrats geweiht! Wenn doch, wenn … das eine Bein bis zum Maghreb reichte, und das andere bis in den Iran!

37

Sie suchten Nasha überall. Samar lief herum und fragte in jedem Winkelchen nach ihr. In Häusern, Vierteln, Gassen, auf dem Zwiebelmarkt, im Jasminaviertel und in al-Karijun. In Grotten und Olivenhainen, im Park der Stadtverwaltung, in Tälern und Nachbardörfern. Zur Mittagshitze ging sie zu ihrer Großmutter, aber sie war verstorben. »Die ist schon seit langem tot«, erklärte man ihr, »ihre Knochen sind längst zu Staub zerfallen.«

Jemand sagte: »In der Plantage hab ich gesehen, wie sie mit den Bäuerinnen Oliven aufsammelte.« Ein anderer berichtete: »Ich habe sie gesehen, wie sie auf der Suche nach einem Bissen Brot und einer Schlafstätte war.« Wieder jemand erzählte: »In einer langen Schlange habe ich sie bei der Organisation nach einer Spende, Seife und ein bißchen Mehl anstehen sehen.«

Die eine meinte dies, der andere jenes, bis sie zuletzt völlig verzweifelte.

Allerdings, Achmed hatte sie einmal selber gesehen, wie sie im Khan der Händler umherstreunte. Er war mit einer kleinen Truppe, zwanzig junge Burschen, nicht mehr, unterwegs gewesen, alle in Khakiuniformen, Gummistiefeln und Kefijes, vermummt bis auf die Augen. Bestürzt hatte sie hinter einem Händler gestanden, der Butterkrapfen, Süßigkeiten aus Kürbis und Sesammehl verkaufte. »Gott gebe euch Kraft«, rief der ihnen zu, »mögt ihr über eure Feinde siegen! O Gott, beschütze sie! Beschütze sie, o Gott!« Die Leute stimmten ein: »O Gott, o Gott!« Er sah, daß sie zu ihm herschaute und stammelte: »O Gott, o Gott!« Am liebsten wäre er ausgeschert und hätte ihr gesagt: »Komm, Nasha, und vergib mir. Ich habe dir auch verziehen.« Aber gerade da kam das Militär mit Tränengas. Steine prasselten von den Dächern und einem großen Vordach herunter, überall flitzten die Kinder wie kleine Teufel heraus. Die Verkäufer hatten es eilig, die Eisentüren dicht zu machen. Allenthalben Getöse und Wirrwarr unter den Händlern. Ein Kassettenverkäufer mit Karren drehte seine Boxen auf volle Lautstärke, daß der ganze Markt von einer patriotischen Hymne widerhallte. Eine tiefe Stimme dröhnte: »Die Kleinen wurden groß, o Feuerberg, o Feuerberg, o Feuerberg ...« Er spürte, wie die Erregung auf ihn übersprang, wie sein Blut sich entzündete. Nasha war vergessen, der Kampf brach aus.

Einmal war er an der Schulter verwundet worden. Sie transportierten ihn heimlich ins Krankenhaus. Dort entdeckte er sie in dem großen Krankensaal. Sie schleppte einen Eimer und einen Wasserkrug. Er rief sie: »Nasha! He, Nasha, komm her zu mir!« Sobald sie ihn sah, rannte sie fort und verschwand zwischen den Besuchern.

Schließlich stöberte Samar sie doch auf. Man hatte ihr gesagt, Nasha sei in den Plantagen von Aschur, dann hieß es wieder, in al-Machfija, dann in Rafidija. Sie machte sich dorthin auf und fand sie tatsächlich bei den Hirten und Bäuerinnen, wo sie fleißig den Boden absuchte und Oliven auflas. Überall lagen noch Erntereste und Strohhaufen auf dem Boden herum. Die Säcke waren prall gefüllt mit Gottesgaben. Verstohlen trat Samar zu ihr und flüsterte: »Nasha, bitte, reiß mir nicht aus. Ich möchte dich so gerne sehen, und wär es nur für ein Stündchen. Ich werde dir alles erklären, und nachher erklärst du mir alles. Dann gehen wir Hand in Hand zurück ins Viertel.«

Nashas Gesicht war von der schwindenden Sonne und dem Abendlicht getönt. Sie raffte die Zipfel des Leinensacks zusammen und sagte mit rauher, brüchiger Stimme: »Du hast mich verraten und verkauft. Ohne die Hadscha läge ich jetzt in der Kiste.«

Samar erinnerte sich an alles – was war, und was daraus wurde. Wie sie zu seinen Füßen gekauert und jeden Atemzug gezählt hatte, wie sie sich von seinen

Träumen weit in die Ferne, in die Fremde, tragen ließ. »Es stimmt, ich hatte dich vergessen«, sagte sie. »Aber nur für Stunden, nicht für immer.«

Nasha drohte ihr mit der Faust. »Und gerade diese Stunden, die waren entscheidend. Schicksalsstunden waren das. Mein Schicksal lag in deinen Händen, aber du hast mich verschachert. Für einen Blick seiner Augen hast du mich verraten, für ein Wort, ein Flüstern, für eine Berührung, ein Versprechen!«

Samar war dem Weinen nahe. »Schimpf nicht so mit mir, ich bin auch nur ein Mensch. Ich lüge nicht, nur um mich herauszureden. Natürlich liebte ich ihn, ich habe mich verliebt. Ich wußte nicht mehr, wo mir der Kopf stand. Weiß er denn, was er will? Erst liebt er Sahab, und jetzt hängt er zwischen zwei Bergen, zwischen zwei Feuern ... Abgestürztes Flugzeug, Transistorradio, gebrochene Flügel. Wieso denkst du, ich wüßte nicht um sein tiefstes Geheimnis? Sein Herz ist so liebevoll, so rein wie Kattun und Baumwollfelder. Kein Streichholz zündet wie seine Worte. Schneller als eine Rakete ist sein Verstand. Wie könnte ich seine Versprechen vergessen? Seine Träume, die Seufzer aus tiefster Seele? Er leidet an seiner Klugheit und an seiner Liebe, die an fernen Lichtern hängt. Lampen, Boote, wie aufgefädelt gen Westen hin. Wenn er mir nicht zugehört hätte, würde ich sagen, ja, es könnte sein. Kann sein, er ist zufrieden mit der Fremde, der Angst, diesem Umherirren und dem ganzen Elend. Aber er hat mir zugehört, er kennt mich und kann in mir lesen wie in einem aufgeschlagenen Buch. Er weiß, sie und ich sind aus demselben Stoff gemacht, aus grüner Erde, die reiche Frucht trägt und die Menschen nährt. Das weiß er. Ich weiß freilich, daß die Welt sich nicht wie ein Rad vorwärts dreht. Die Zeit ist den Menschen kein aufrichtiger Freund, der ihnen die Geheimnisse der Zukunft preisgeben würde. Einfach fortgegangen ist er und hat mich zurückgelassen, aufgehängt an Seilen, festgezurrt am Boden. Ich warte nur noch darauf, daß ich seine Stimme im Fernsehen oder Radio zu hören kriege. Hätte ich ihn doch nie gesehen, nie kennengelernt! Wäre ich ein einsamer Baum auf dem Berg im Osten geblieben, der niemanden kennt als seinen Schöpfer! Gäbe es doch keine Liebe auf der Welt, hätte ich mich nie verliebt! Du hast gesagt: ›Spann ihn ihr aus‹, und nun, bitte schön, ich hab ihn nicht ausgespannt und nicht bekommen. Nur er hat mich eingefangen, mit Haut und Haar bin ich sein. Jetzt habe ich seine schwarzen Augen verloren und mein Herz, das bei ihm über die Wände geistert. Wüßte ich doch, wohin ich gehen soll, dahin oder dorthin, in die Sonne oder in den Schatten, in den Himmel oder über die Erde oder zu irgendeinem Flughafen! Wenn ich nur wüßte. Wenn er nur wüßte. Wenn, wenn doch ...»

»Genug, du ausgeflipptes Weib! Auf einen besessenen Marabut bist du reingefallen. Ja, einen Marabut, einen wie al-Marbut. Wie konntest du nur so blöd sein und dem glauben? Hör auf mich. Einer, der Mutter und Vater und zum Schluß die Geliebte seines Lebens verkauft, der wird morgen auch dich verkaufen. Und alles, alles nur, weil er eben ein Marabut ist.«

Sie fiel auf die Erde. Das drehte sich in ihrem Kopf, es drehte und drehte sich.

»Wie kannst du dem bloß glauben? Ob großer Marabut oder kleiner Marabut, alle sind sie gebunden und besessen. Einem Geweihten hast du dich geweiht, einem, der dich für eine Patrone und einen Leitartikel einkauft und wieder verhökert!«

Ihr Kopf, das drehte und drehte sich.

»Was hat denn Asem mit mir gemacht, du bescheuertes Weib? Weder hat er mich richtig geliebt noch geheiratet noch beschützt. Von Hand zu Hand wurde ich weitergereicht. Wie stehe ich heute da, und wie steht er da? Ich klaube Oliven auf, und er schäkert daheim gemütlich mit seiner Frau, der Schnabelnase. Da kommst du daher und sagst, gehen wir nach Hause, zurück zum Platz? Was denn für ein Platz? Das ist überhaupt kein Platz, du dummes Luder. Ein Grab ist das, nichts weiter. Eine Sperre, die dahockt wie ein Moloch – der verschlingt jeden, ob er rein oder raus will, und nimmt den Leuten Licht und Luft zum Atmen! Ein Kontrollpunkt mit Fahne bis auf den Erdboden! Und die Leute sehen sich das an, die stolpern noch drüber! Nachher stehen sie wieder auf und beten: ›Zerstöre sie. Zerstöre sie, o Allmächtiger, Ewiger. Vernichte ihre Macht und laß ihr Licht erlöschen. Um deiner Güte willen, Allmächtiger, Ewiger, fügen wir uns ins unvermeidliche Schicksal.‹ Wieso denn unvermeidlich? Was denn für ein Licht? Was für ein Allmächtiger und Ewiger? Nein, keine Dummheiten mehr, keinen Platz mehr. Das ist ja gar kein Platz, das sind nur Wände und Kuppeln und Brunnen und Wasserpfeifen und Kichererbsenverkäufer. Und Augen, nichts als Augen. Ihre Augen sind boshaft und stets geöffnet. Immer nur mein Scheißleben haben die im Visier. Dein Pech, Nasha, deine Blödheit. Und obendrein die bösen Zungen. Aber wer hat denn Unzucht getrieben? Ich oder er? Wer hat sich verkauft, ich oder er? Wen muß man zur Rechenschaft ziehen, mich oder ihn? Für alles muß man bezahlen, das weiß ich selber, alles hat seinen Preis. Kapiert, doch warum muß ich meine Rechnung öffentlich begleichen, und seine bleibt im Verborgenen? Erklär mir das! Wenn al-Marbut nicht zur Rechenschaft gezogen wird, warum denn ich? Wenn der davonkommt und nicht bezahlt, dann schlüpft auch dein Husam durch. Alles freie Vögel, Schwester, lockere Vögel. Für einen Luftikus hast du mich verraten und verkauft.«

»Nein, das ist nicht wahr!« schrie sie auf. In ihrem Kopf summte und zuckte es wie von Stromstößen. »Er ist der Mann. Der Herr des Hauses. Er ist der Vermummte. Der Verwundete. Der Gejagte. Für den Boden und die Oliven hat er Mutter und Vater aufgegeben. Siehst du, für diesen Boden, für diese Oliven! Wem gehört der Boden, sag mir, wem?«

Nasha preßte die Oliven in den Sack und schüttelte sie zusammen.

»Der Boden? Seinem Besitzer gehört er.«

»Und wem gehören die Oliven?«

»Dem, der sie verkauft.«

»Und du, Nasha?«

»Ich bin gar keine Nasha, bin kein schöner Spaziergang, wie mein Name verheißt. Höchstens eine Reise durch Unglück und Schande mein Leben lang. Hör auf, mich Nasha zu nennen. Was weiß ich, warum man mich so genannt hat. Seit zehn Jahren, sag ruhig, zwanzig, von mir aus noch dreißig oder fünfzig, da quatschen sie nur von der Nasha. Nasha hin und Nasha her, Nasha rauf und Nasha runter. Das soll ein Spaziergang sein? Eine Fahrt durch Leid und Sinnlosigkeit ist das. Bitte, jetzt bist du dran. Was willst du von mir? Na red schon.«

Samar sah sie an und dachte verblüfft: Ja, was will ich von dir? Stimmt ja, da hast du recht, was will ich eigentlich? Wenn du nicht begreifen kannst, warum er Vater und Mutter verlassen, warum er seinen Traum, Sahab, aufgegeben hat. Um nämlich Boden unter die

Füße zu bekommen. Um mich zu nehmen und mit mir auf die Erde zurückzukehren. Wenn du nicht kapierst, daß du zu uns gehörst, daß du, wie weit du dich auch entfernen magst, uns immer nahestehst und zu unseren Lieben zählst. Wenn du nicht einsiehst, daß ich zu ihm halte, damit er zu mir hält. Und daß auch wir die Leute sind. Wenn du nicht verstehst, daß er der Boden ist, den er bestellt und abgeerntet und von Unkraut gereinigt hat. Wenn du nicht begreifst, daß die Oliven Reiseproviant der Armen sind, und Öl in den Lampen, die den Weg zur Moschee erhellen. Wenn du nicht erkennst, daß al-Marbut nicht al-Marbut und Nasha nicht Nasha und das Viertel nicht das Viertel ist. Daß der Kontrollposten und die Fahne und die Menschen und die Sperre, daß das alles, alles zusammen wir sind, wir, die Menschen. So ist nun mal die Welt. So ist die Geschichte. Was denn, willst du, daß wir wie der Messias werden, der nie im Leben eine Frau geküßt hat und niemals geküßt wurde? Wenn er nun doch eine geküßt hätte? Wäre die Welt gleich untergegangen? Was wäre denn schon passiert, wenn er mal eine geküßt hätte?

38

Der Kampf brach los. Eine Bäuerin schrie: »Herrje!« Junge Burschen schwirrten wie die Vögel umher. Armeefahrzeuge stoppten und rangierten oben auf dem Hügel. Soldaten sprangen ab, ihre Helme blitzten. Die Sonne verdunkelte sich über den Olivenbäumen, angsterfüllt rannten die Bäuerinnen zu den Säcken. Ihre Leiber krümmten sich unter der Last. Sie schafften freie Bahn für die Behelmten, die herumwirbelnden Jungs und die Schüsse. Eine brach in die Knie, eine blieb stehen. Die anderen schrien ihnen zu: »Dorthin, geht dort lang! Vorsicht, Soldaten!«

Es hagelte Felsstücke und Steine. Begeistert preschten die Burschen los. »Vorwärts, auf sie!« Eine Ladung Tränengas kam geflogen, noch eine, und wieder und wieder eine. Sie schossen mit Gummipatronen, dann mit Dumdumgeschossen und schließlich mit scharfer Munition und Gewehren.

»Geht beiseite, Mädchen!« rief ein Vermummter. »Beiseite, Nasha, ihr alle beide!«

Samar schrie auf. »Achmed! Achmed!«

Nasha stockte, starrte den jungen Mann an, der überall zugleich war, bald hier, bald da auftauchte, hochschnellte, sich drehte, vom Felsen sprang, aufs Terrassenfeld. Steine von der Einfriedung rollten zu Tal. Da, eine Grotte, getarnt hinter Gesträuch. Von der Armeeseite tönte es durchs Megaphon herüber: »Halt, stehenbleiben!« Schüsse. Verfolgung per Jeep. Scharfschützen.

Nur wenige Augenblicke, und der erste Junge strauchelte. Er war am Hals getroffen und plumpste, sich überschlagend, wie ein Stein vom Hügel. Eine Bäuerin schrie vom höchsten Terrassenfeld: »Herrje, o weh, ein Junge ist gefallen!« Die Bäuerinnen brachen in Wehgeschrei aus. Der andere Junge, weiter herumfliegend, rief den Frauen zu: »Werft euch zu Boden! Ihr seid wohl verrückt, legt euch hin!« Ein Soldat kniete oben auf dem Felsen und zielte genau. »Schmeißt einen Stein auf ihn!« schrie Samar. Mehrere Frauen, nicht weit von ihm entfernt, blieben stehen und benutzten ihre Last als Wurfgeschosse. Ein Trupp Soldaten rannte los. Mit Füßen und Fäusten, Knüppeln und Ästen von den Olivenbäumen schlugen sie auf die Frauen ein. Sie schlitzten die vollen Säcke auf und streuten die Oliven auf die Erde. Die Bäuerinnen schlugen sich vor Verzweiflung auf die Wangen, griffen mit beiden Händen in die Oliven und bombardierten die Soldaten.

Unten im Wadi at-Tufach kreischten die Armeefahrzeuge. Auf der Straße nach Tulkarm, die mit Hindernissen und Nägeln blockiert war, steckten sie fest. Der gesamte Verkehr von und nach Dschennin, Tulkarm, Anabta und Sawata war sofort lahmgelegt. Die Leute blieben in ihren Autos sitzen und verfolgten die Vorgänge wie im Theater. Ein toller Film, der da auf dem Hügel ablief! Und alles live!

Am Rand des Terrassenfeldes, vor dem freien Platz hinter den Häusern und der Ölkuchenfabrik wurde Achmed getroffen. Der Länge nach schlug er unter dem Olivenbaum hin.

»Nasha«, schrie Samar, »deinen Bruder hat's erwischt!«

Sie rannte los, und die Bäuerinnen brachen in lautes Wehklagen aus: »Herrje, ach herrje, sie haben noch einen getötet! Auf sie, auf sie, ihr Frauen!« Wieder tobte der Kampf.

Wie von Sinnen lief Nasha zu ihm. Sie fand ihn auf der Erde liegend, den Kopf in Samars Schoß gebettet. Auf seinem Baumwollhemd ein Bild – ein Olivenbaum und die Karte Palästinas. Mitten durch Palästina ging der Einschuß.

Sie kniete nieder, betrachtete sein Gesicht, seine Augen. Die Kefije war verrutscht, ebenso der Unterkiefer. Ein rotes Rinnsal lief bis an das Kinn.

Er schlug die Augen auf. »Vergib mir Nasha«, flüsterte er mühsam, »ich habe dir auch verziehen.«

Sie bedeckte ihre Augen mit der einen Hand, die andere hob sie gen Himmel.

Noch einmal flüsterte er unter größter Anstrengung: »Unser Herzblut für Palästina.«

Sein Kiefer klappte herunter.

Ein bewaffneter Siedler mit dichtem Vollbart und Schläfenlocken kam gerannt. Er stieß Nasha beiseite, daß sie zu Boden fiel, gab Samar eine Ohrfeige und zerrte an dem Toten herum. Er riß ihm das Hemd mit dem Bild herunter und schwenkte es wie verrückt.

»Seht her, seht her! Den habe ich mit eigener Hand erledigt! Ich hab ihn kaltgemacht!«

Er sprang hin und her, von Felsen zu Felsen, von Terrassenfeld zu Terrassenfeld, bis er wieder bei Nasha ankam, die noch immer am Boden saß. Er schwenkte das Hemd und wies auf das Loch, das wie ein Mund offenstand, auf das tiefrote Blut über dem Bild. Wie ein Irrer stierte er darauf. »Schaut nur, schaut her, das ist euer Palästina!«

Sie schnellte hoch, packte sein Bein und schlug die Zähne in das Fleisch. Der Siedler stürzte, das Hemd flog fort, die Karte flog davon. »Elende Hure!« brüllte er. Sie ließ nicht locker, biß fester und fester. Ein Soldat schlug auf sie ein, ein anderer wollte sie wegzerren, aber sie biß und biß, verbiß sich wie im Krampf. Ihre Kinnladen schlossen sich über dem herausgerissenen Klumpen. Sie transportierten ihn ab, und dann trampelten sie auf ihr herum, bis sie nur noch eine blutige Masse war.

Kreischend bremste ein Rettungswagen. Transportfahrzeuge der Armee rollten an. Ein Jeep raste den Hügel hinauf, zu den Olivenbäumen. Truppweise durchkämmten die Soldaten jeden Winkel im Wadi, jede dunkle Grotte.

Sie sammelten Tote und Verwundete ein und stiegen wieder in den Rettungswagen. Ein Trupp nach dem andern zog ab. Nasha lag auf der Erde. Samar trat mit todbleichem Gesicht zu ihr. Wortlos umarmte sie Nasha.

Die Bäuerinnen kamen näher und fragten: »Gehört der Junge zu euch?«

Samar nickte. »Ja, zu uns.«

»Ist er nicht als Märtyrer gefallen?«

»Ja, als Märtyrer.«

»Warum seid ihr dann so stumm? Wo bleiben eure Jubeltriller?«

Ein Freudentriller ertönte, und noch einer. Nasha stierte die Frauen an. »Schaff sie mir vom Leibe«, rief sie entsetzt, »schaff sie fort!«

Eine Bäuerin schrie: »Gesegnet seist du Palästina, gesegnet mit einem neuen Bräutigam!«

Nasha glotzte sie wie eine Wahnsinnige an. »Ich sag, schaff sie fort«, flüsterte sie.

Samar hob die Hand und gab den Frauen Zeichen, daß sie still sein sollten.

Eine rief: »Eine Schande, den Gefallenen ohne Geleit zu lassen. Wer ist sie denn, seine Mutter oder Schwester oder was? Reiß dich zusammen, los freue dich! Geleite den Bräutigam für Palästina mit Jubeltrillern!«

Nasha wurde wild und spuckte aus. »Ach, pfui Teufel über dich, Palästina! Meinen Bruder will ich haben, und kein Palästina!«

»Schäm dich, Frau, sei doch friedlich.«

Samar schrie: »Laßt sie zufrieden! Laßt sie in Ruhe!«

»Aber sie soll trillern und keinen Streit suchen. Das teure Blut vergossen, und ohne Festgeleit!«

Wie eine Besessene sprang Nasha auf. »Ich werd euch was trillern, ihr Hurenweiber! Ich zeig's euch, verdammte Nutten!«

Entsetzt schlugen sie sich die Wangen und starrten

sie an. »Die ist ja total verrückt! Alle Opfer ersetzt du, Palästina, und alle Opfer werden dir ersetzt!«

Nasha blieb vor einem Sack stehen, schöpfte Oliven mit beiden Händen und warf sie auf die Frauen. Dabei ohrfeigte sie sich wie wild und schrie außer sich: »Verflucht sei dein Vater, Palästina! Verflucht, der dich hergesetzt hat, Palästina! Verflucht dein Staub und deine Erde und dein Himmel! Verflucht sei, wer da sagt: Ich bin aus Palästina! Die Mutter hast du mir genommen und den Vater und den Bruder und den Boden und die Ehre! Nichts hast du mir übriggelassen, Palästina! Was ist denn noch übrig? Gar nichts, kein Lebewesen und kein Geliebter, kein Freund und kein Verwandter. Alles futsch, alles kaputt. Nichts als Elend, ausgeraubt sind wir bis aufs letzte Hemd. Na los, raus mit euch, haut ab ins Ausland!«

Wieder griff sie zu, trat ihnen entgegen und warf die Oliven mit vollen Händen nach ihnen.

Die Frauen wichen betroffen zurück und schlugen die Hände zusammen. »Die Ärmste, jetzt ist sie ganz übergeschnappt. Palästina ersetzt alles, und alles wird ihm ersetzt. Es gibt keine Macht noch ...«

Samar stiegen die Tränen in die Augen. Flehend hob sie die Hände. »Beruhige dich, Nasha, um Gottes willen.«

Nasha winkte mit beiden Händen ab. »Verzichte auf Gott und Mohammed und Jesus und Moses und das Rote Kreuz und die UNO! Keiner will was sehen oder hören. Wann hätte sich die Welt je erinnert, daß auch wir Menschen sind? Und der da oben rumsitzt, hast du jemals was von dem gemerkt? Ruf ihn, sprich ihn an und dann frag ihn mal: ›Warum, gnädiger Herr, entsinnst du dich bloß immer der miesen Typen? Was haben wir verbrochen? Weshalb siehst du uns so schief an?‹ Aber der kümmert sich ja nur um solche mit Gewehren. Wir sind die Angeschmierten, wir haben niemanden auf der Welt.«

Sie starrte Samar an, trat auf sie zu und schüttelte sie.

»Und nicht nur ich allein, du ganz genauso. Ach, du verbohrtes, dummes Luder, leg schon mal Trauerkleidung an. Glaubst du etwa, der kommt zurück? Du meinst wohl, er wäre gut versteckt und keiner könnte ihn kriegen? Du denkst dir, der steht unerreichbar wie eine Sykomore oben auf dem Gipfel über dem Steinbruch? Der käme zurück wie der geheilte Krüppel, ohne Krücken? Du dummes Ding, wie soll er denn gehen mit seinem gelähmten Bein? Sag schon, wie geht er, wie fliegt er ohne Flügel? Sag mir doch, wie. Na los, sag es.«

Die Sperre

39

Die Gasse füllte sich mit Kondolenzbesuchern und Demonstranten. Kein Fleckchen, wo sich die Leute nicht drängten. Eine Menschenmenge strömte in Richtung Trauerhaus. Das zweifelhafte Haus war nicht mehr vom Viertel getrennt. Türflügel und Fenster standen offen, und das Gärtchen war rappelvoll mit jungen Mädchen. Rings um das Gebäude stand junges Volk auf den Mauerrändern. Fahnen flatterten. Palmenzweige, Blumen, Lilien, Sträuße. An allen Wänden klebte das Foto des Märtyrers.

Lieder und Hymnen erklangen, die die Standhaftigkeit und die Bewohner des Landes rühmten. Der Applaus übertönte den Gebetsruf. Die Betenden verließen die Moschee und begaben sich zum Trauerhaus. Junge Männer mit Kefijes und Kampfbekleidung säumten die Straße in zwei Reihen und wiesen den Leuten mit stummen Gesten den Weg zum Haus.

Wie leergefegt war der Platz. Nicht Mensch noch Dschinn. Kein Geräusch war zu hören. Sogar die Soldaten waren plötzlich verschwunden und patrouillierten nicht mehr durch die Gassen, um neue Beute aufzustöbern. Auf den Dachterrassen des Kontrollpunktes, direkt über der Fahne, hatten sie sich zusammengefunden und beobachteten die Situation durch ihre Feldstecher.

Ein herbstlicher Wind kam auf und wehte Kaffeeduft

und übriggebliebene Gerüche, die sich bis Mittag, bis Ladenschluß, miteinander vermengt hatten, durch die Gäßchen. Falafel und Butterkrapfen, Eingeweide und Gemüse der Jahreszeit, Gewürze, Fenchel, Zwiebeln und das zarte Fleisch der Schlachtopfer, die an den Gehsteigen über den Köpfen der Passanten baumelten. Auch der Khan der Händler war völlig leer. Keine Stände, keine Musikkassetten, keine bunten Kleidungsstücke und Tücher, keine Händlerrufe. Nichts vom Sänger Ragib Alama mit seinem »Du mit dem Schönheitsfleck ...«, nichts von Revolutionshymnen, »Feuerberg« und »Generation des Sieges«.

Vom ausrangierten Hausrat in Bab as-Saha waren nur ein paar zerschlissene Sofas übriggeblieben, die jeder Dieb mit Verstand sich geniert hätte zu stehlen. An den Wänden häuften sich Abfälle, Kartons, verbogene Drähte, Tonbänder, Gemüsereste.

Die Hadscha ging, ein wenig taumelnd, in Richtung Trauerhaus. Sie schleppte an ihrer Tasche und betete: »Im Namen Gottes, des Erbarmers, des Barmherzigen ...« Sie konnte zusehen, wie sich die leere Gasse mit Dschinnen füllte. Der klare Ruf zum Nachmittagsgebet ertönte so laut, daß der Suk an allen Ecken und Enden erzitterte. Sie hob die Augen. Da, zwischen Lichtluken und Lampen blähte sich ein großes, dickes Spinnengewebe, uralt, wohl seit Anbeginn der Zeiten. Spinnen, groß wie die Kröten, stolzierten langsam zwischen den Ritzen der Überdachung. Altes Nablus, alt, alt wie die Zeit und die Geschichte selbst. Es schauderte sie, im weiten Bogen drückte sie sich daran vorbei. Als sie die Treppe zum Platz hinaufstieg, erblickte sie die Mannschaften, den Kontrollpunkt, die Militärs mit ihren Feldstechern. Lang baumelte die weißblaue Fahne herunter. Niemand war auf dem Platz als sie allein.

Genauso war es in den Gäßchen und kleinen Vierteln. Am Zugang zur Gasse stapelten sich tonnenweise die Felsbrocken und blockierten den Weg. Sie mußte erst eine umständliche Runde drehen, bis sie zum Haus mit den Trauergästen gelangte.

Ein Bursche fragte sie: »Sitt Sakija, hast du die Armee gesehen?«

Sie nickte. »Ich habe sie gesehen, hab sie gesehen.«

»Mit Feldstechern?«

»Ja, mit Feldstechern.«

»Hatten sie Waffen?«

»Wie immer.«

»Sind es viele?«

»Gott weiß, wieviel. Vielleicht zwanzig, vielleicht fünfzig, oder sogar hundert, ich konnte sie nicht zählen.«

Der Bursche wandte sich um und kehrte zu seinen Freunden zurück. Sie beobachtete noch, wie sie die Mauer erklommen.

Sie sah die jungen Burschen und Mädchen, die Blumensträuße, die Lilien und Palmenzweige, und mitten in jedem Gebinde Achmeds Bild. Durch das Gärtchen und den Gang lief sie weiter, stieg die Treppe hinauf in den Vorraum und zum Absatz, wo schon alles überfüllt war. Sie trat in den Salon. Diesmal vernahm sie die Kristalle oben an der Decke gar nicht. Sie begab sich gleich nach vorn, wo die Frauen bei Nasha saßen. Nasha war in tiefes Schwarz gehüllt und verhielt sich irgendwie unnatürlich, so kam es jedenfalls der Hadscha vor. Sie weinte nicht, noch blickte sie die Frauen und die Leute an. Unverwandt starrten ihre Augen auf einen Punkt, ganz oben an der Wand.

Die Hadscha ließ sich nieder. Sie knabberte eine kandierte Mandel zur Segnung für den Geleitzug des neuen Bräutigams und lauschte den Gesängen von Revolution und Befreiung. Eine andere Trauerfeier fiel ihr ein. Damals, als Husam gekommen war und mit ihr schimpfte. Als sie sich um ihn ängstigte und er sie schalt: »Sorgst du dich nun ums Ansehen oder um mich?« An dem Tag hatte sie sich auch wieder an diese alten Geschichten mit den Frauen und den Wasserpfeifen, an die Frau ihres Vaters, die vergangenen Zeiten und ihre Kindheit erinnert. Großer Gott! Auch sie, auch Sakija, die alte Hadscha, die Mutter der Jungs, war ja einmal ein Kind gewesen und hatte eine Vergangenheit! War ihr dieser Gedanke nicht schon eingefallen, als heute morgen der Kopf des Neugeborenen zum Vorschein kam? Aus vollem Halse hatte das Kind geschrien, daß das ganze Zimmer davon widerhallte. Sei ruhig, mein Kleiner, Gott möge dich behüten. Heute zieh ich dich deiner Mutter aus dem Bauch, und morgen nimmt dich der Schoß der Erde wieder auf. Sei still, mein Sohn, und schrei nicht so. Oder schrei nur zu und hör nicht wieder auf, vor lauter Angst, was dir die Zukunft bringen mag. Kann es denn etwas Schlimmeres geben als das? Sie fuhr sich mit dem Zipfel ihres Umhangs über das Gesicht und blickte abwesend vor sich hin. Wenn das Kindchen wüßte, was es erwartet, würde es gleich wieder hineinkriechen! Wenn es wüßte, wenn es wüßte … Ein Glück, daß es das nicht weiß!

Samar setzte sich zur Hadscha. »Wo warst du, Hadscha?« flüsterte sie. »Ich wartete schon auf dich!«

Die Hadscha betrachtete Samar. Allmächtiger Gott, das hätte sie sich niemals träumen lassen, daß aus den beiden etwas wurde und das Mädchen hier im Viertel blieb. Husam würde sie doch noch bekommen. Die Wurzeln des Viertels hielten sie fest, banden sie. Einmal hatte sie zu Samar gesagt: »Wenn du einen heiraten würdest, der nicht gesucht wird, dann hätten wir dich verloren, und du wärest verloren. Er würde dich im Haushalt festsetzen, und du wärst es zufrieden, wie alle Frauen.« Samar hatte sie mit tränenfeuchten Augen angelächelt. »Und warum nicht, Hadscha? Ich bin auch nur eine Frau und träume von einer eigenen Wohnung und einem richtigen Mann, der jeden Abend zu mir heimkommt.« Da waren auch ihr die Tränen in die Augen gestiegen, aber gelächelt hatte sie nicht.

»Er hinkt immer noch«, sagte Samar, »er geht auf Krücken, und der Schmerz gibt keine Ruhe, kennt kein Erbarmen. Noch immer betrachtet er die Welt nur von weitem, aus der Ferne. Er ist nicht imstande, einen einzigen Schritt weit herunterzukommen, bis zur Stadtgrenze, bis zu uns. Könnte ich ihm doch ein Bein von mir geben, könnte ich ihm Flügel verleihen! Könnte ich ihm einen Passierschein verschaffen!«

Die Hadscha schüttelte den Kopf. »Ach, mein Töchterchen«, flüsterte sie, »das ist nun mal sein Schicksal. Geh du zu Nasha, sie wartet schon.«

Sie trat zu Nasha, küßte sie und steckte ihr einen kleinen Zettel in die Hand. Sie faltete ihn auseinander und las, ohne mit der Wimper zu zucken.

»Was hat er dir geschrieben?«

»Hast du's nicht gelesen?«

»Nein, ich habe es nicht gelesen.«

Sie lief bis zur Stirn hinauf dunkelrot an. »Er sagt ... er sagt ...«, sprudelte sie los, »unser Herzblut für Palästina!«

Samar schaute sie an wie einen Vulkan, der gerade auszubrechen drohte. »Was soll ich ihm von dir wieder ausrichten und bestellen?« fragte sie freundlich.

Nasha wandte sich um und sah sie mit ihren verquollenen Augen direkt an. »Sag ihm, sag ihm … dein Palästina ist ein Moloch, der frißt und schlingt und wird doch nicht satt.«

Samar schrak zusammen und brachte kein Wort mehr heraus.

Draußen schwoll der Lärm an, lauter erklangen die Revolutionslieder und das rhythmische Klatschen. Plötzlich krachte eine Explosion im Viertel, daß die Kristalle am Kronleuchter klirrten. Die Parolen verstärkten sich, die Menschenmasse schwankte. Gesichter an den Fenstern. Dann eine Salve und ein Aufschrei: »Noch ein Märtyrer!« Die Frauen sprangen auf. Der Koranrezitator verstummte. Die revolutionären Hymnen waren vergessen. Hier und da noch ein Vers, der Chor war aus dem Takt gekommen.

Die Hadscha ging mit ihrer Tasche hinaus. Sie sah den Gefallenen oben auf der Barriere, auf den Felsbrocken liegen. Sie blieb stehen. »Wie soll ich zu ihm raufkommen?« fragte sie. »Es ist schon vorbei, Hadscha. Er hat sein Leben für dich hingegeben.«

Ein Vermummter, einen Molotowcocktail in der Hand, schrie: »Werkzeug her und Hacken – diese Sperre knacken!« Die Schmiede des Viertels, Arbeiter von der Müllabfuhr und Straßenreinigung, vermummte und nicht vermummte Burschen – alles strömte zusammen. Ein einziges Chaos und Durcheinander. Parolen: »Nieder mit der Sperre, nieder! Nieder mit der Sperre, nieder!« Dann ging es richtig los. Bohrer. Sägen. Schleifsteine. Spitzhacken.

»Los, los, reißt sie nieder!« Aber das Gestein war hart wie der Fels Gottes und der Taborberg und die Pyramiden zusammen. »Schlag zu, säge, bohre, zertrümmre! Verfluchter Felsen! So ein Mist! So ein Elend! Scheiß Falle, Scheiß Gefangenschaft! Einen Tag Streik, einen

Tag Trauer, und zehn als Zugabe umsonst für eine Ausgangssperre! Straßen und Kreuzungen abgeriegelt, fremde Fahnen flattern uns vor der Nase rum. Wehe uns! Der verdammte Kontrollpunkt sitzt uns wie ein Dolch im Nacken. Wie Schafe sind wir, wenn sie abgestochen werden. Die stoßen auch noch mit den Hörnern zu, schlagen um sich, und dann kippen sie weg und verbluten. Schlag drein, säge, bohre, zertrümmre! Scheiß Gefangenschaft! Elender Mist!«

Nasha blickte erstaunt aus dem Fenster. »Was soll der Krach?« Als Antwort tönten die Parolen der jungen Männer und Mädchen: »Los, mit Gott, abreißen, abreißen!«

Eine Granate wurde abgeschossen. Gas, Geschrei der Trauergäste und Frauen. Dazu die Sägen, zisch zisch ... unaufhörlich. »Los, mit Gott, Jungs! Verfluchter Felsen! Schlag hier drauf!« Wieder eine Salve. Und wieder stürzte ein Junge von der Mauer. Ein Aufschrei: »Noch ein Märtyrer, noch ein Märtyrer! Jetzt sind es drei!«

»Hier steig ich rauf«, schrie ein Vermummter. »Über die Sperre weg, und rüber zum Platz. Denen zünd ich die Fahne an!« Sie stemmten ihn mit Armen und Schultern hoch, in der Hand hielt er einen Molotowcocktail. Kaum war er oben angelangt, traf ihn die Kugel eines Scharfschützen. Stöhnend schlug er auf das Felsgestein.

»Vorwärts, der nächste!« brüllte der Kommandeur. »Wir versuchen es weiter, und wenn wir allesamt dabei draufgehen.« Sie hoben den dritten hoch, dann den vierten, den zehnten, den fünfundzwanzigsten. Die Barriere war in die Höhe gewachsen. Eine Masse aus Fels und Menschenfleisch.

Die Frauen schlugen die Hände zusammen. Frau Sakija rief: »Es gibt keine Macht noch ... Aber Söhnchen, du mußt doch nicht gerade heute hinkommen. Verschieb es auf morgen, auf die Nacht, wenn sie schlafen. Provozier sie nicht am hellichten Tag.« Niemand hörte auf sie. Ein rauschhafter Wahnsinn war über sie gekommen. Die Fahne war ihr Mekka geworden. Da gab es kein Überlegen mehr, keine andere Richtung als die eine – vorwärts! »Jetzt oder nie. Entweder es klappt, oder alles ist aus«, schrie ein junges Mädchen, das auf der Mauer stand und eine große Fahne schwenkte. »Kein Bedenken und Überlegen! Los, auf sie! Auf die weißblaue Fahne! Vorwärts, Jungs!« Sie bekam einen Hustenanfall.

Nasha erkundigte sich: »Wozu der ganze Krach?«

»Die Fahne wollen sie und den Kontrollpunkt«, rief Samar, »siehst du denn das nicht?«

»Schön, und wenn schon! Wozu das Geschrei? Muß es unbedingt von hier aus sein? Müßt ihr deswegen wie die Hammel verrecken? Komm mit, ich zeig dir, wie wir hingelangen.«

Sie zog das Mädchen an der Hand, schubste eine andere an, noch eine und noch eine. »Kommt, folgt mir. Ich zeig euch was. Den Kontrollpunkt wollt ihr? Kommt, seht selber. Die Fahne wollt ihr? Kommt nur mit unter die Erde.«

Sie gingen in die Küche. Durch den Vorratsraum. Die geheime Treppe in den Speicher hinunter. Dann durch die Geheimtür auf den Platz. In wenigen Minuten waren die Frauen der Erde entstiegen und strömten hinaus.

Das junge Mädchen mit der Fahne stürmte weiter zu dem hochgelegenen Kontrollpunkt. Die Fahne flatterte in ihrer Hand, sie hatte ein Streichholz und einen Molotowcocktail bei sich. Die Hadscha schrie: »Diese Verrückte ist wohl lebensmüde! Holt sie runter, zieht sie herab! Ach, schon ist sie tot!« Vor dem Kontrollpunkt war sie hingestürzt, direkt an der Mauer, wo die Fahne herabhing.

Nasha stand mitten auf dem Platz. Unbewegten Gesichts betrachtete sie die Szene. Dort waren die Soldaten auf dem Kontrollpunkt, hier die Frauen auf dem Platz. Die jungen Burschen schlugen noch immer ruhig und verbissen auf den felsigen Leib ein. Spitzhacken, Sägen, Bohrer. Verblüfft flüsterte sie: »Wozu nur dieser Tumult? Und alles, alles bloß wegen so einem Moloch?«

Taumelnd rannte sie zu dem Mädchen. Die Frauen umringten es, die Hadscha hatte ihre Tasche geöffnet. Der Molotowcocktail lag neben der Mauer, unter der Fahne. Nasha nahm die Flasche auf, öffnete sie bedächtig und goß die Flüssigkeit über beide Farben. Sie hob die Hand, schaute Samar ins Gesicht.

Samar flüsterte: »Endlich hast du es doch getan, Nasha?«

Unbeeindruckt nickte sie und zischte: »Aber nicht wegen diesem Moloch. Wegen Achmed.«

Dann griff sie zum Streichholz.

Worterklärungen

Abu: Vater von ...; meist in Verbindung mit dem Namen des ältesten Sohnes als Anrede oder Name gebraucht

Allahu akbar: »Allah ist größer (als alles)«; Einleitung des Gebetsrufs der Muslime; auch im Alltag häufig gebrauchte Formel

Antar bin Schaddad: vom Beduinenstamm der Abs, als Sohn einer schwarzen Sklavin geboren, lebte in der zweiten Hälfte des 6. Jahrhunderts; einer der legendären Meister vorislamischer Dichtung

Arrak: Anisschnaps

Bamie: »Okra«, »Gambo«; ein Gemüse, dessen Stiel und Ansatz vor dem Kochen abgeschnitten werden

Dinar: Währungseinheit in mehreren arabischen Ländern, zum Beispiel in Kuwait, Bahrein, Libyen; ebenso in Jordanien, zu dem die Westbank vor 1967 gehörte

Dschinn, Dschinnen: aus rauchloser Flamme erschaffene Geister, die dem Menschen in wechselnder Gestalt erscheinen und in sein Leben eingreifen können; spielen eine bedeutende Rolle in Volksglauben und Volksliteratur

Dschubba: vorn offenes, langes Obergewand mit weiten Ärmeln

Fatiha: die »Eröffnende«; erste Sure des Korans, bei freudigen und traurigen Anlässen und auch als Gebet gesprochen

Feuerberg: Name für die Gegend um Nablus, die ein Zentrum des palästinensichen Aufstands 1936 bis 1939 war

Georgette: Crêpe Georgette; ein zartes, durchsichtiges Gewebe aus Kreppgarn

Hadsch, Hadscha: Ehrentitel und Anrede für einen Mann bzw. eine Frau, die nach Mekka gepilgert sind.

Ibn Batutta: berühmter arabischer Weltreisender und Verfasser von Reisebeschreibungen, der von 1304 bis ca. 1377 lebte; reiste von seiner Heimatstadt Tanger in alle Teile der islamischen Welt sowie nach Mittel- und Zentralasien, Indien, auf die Malediven, nach China, Ostafrika und in die Gebiete südlich der Sahara

Kefije: großes, quadratisches Kopftuch der Männer

Kenar: Zimttee mit Nüssen, Mandeln und Pinienkernen

Khan: ursprünglich Karawanserei, Herberge; hier Einkaufs- und Handelszentrum

Marabut: frommer Eremit; islamischer Heiliger, dessen Grab ein Wallfahrtsort ist

Piaster: kleine Münzeinheit in mehreren arab. Ländern

Revolution in Ägypten: unblutiger Staatsstreich ägyptischer Offiziere unter Nasser im Juli 1952, durch den das Königshaus entmachtet wurde

rituelle Waschung: körperliche Reinheit ist eine Voraussetzung für das fünfmalige tägliche Gebet des gläubigen Muslims; gereinigt werden Gesicht, Mund, Nase, Kopf, Hände, Unterarme und Füße

Scharia: das religiöse islamische Recht

Scheich: allgemeine Bezeichnung für einen älteren, angesehenen Mann; auch Titel für einen geistlichen Würdenträger oder eine weltliche Respektsperson

Schekel: israelische Währungseinheit

sich die Wangen schlagen: sich selbst ohrfeigen; Ausdruck von Trauer, ohnmächtiger Wut oder Verzweiflung

Sitt: »Dame«, »Frau«; ehrenvolle Anrede

Suk: arabischer Markt

Summak: säuerliches Gewürz, vor allem für Gebratenes

Sunna: Überlieferung der Aussagen und Handlungen des Propheten Mohammed, die gesetzlich bindende Präzedenzfälle darstellen; neben dem Koran die zweite Hauptquelle des Islam

Sure Ja Sin: die 36. Sure; soll vom Propheten Mohammed das »Herz des Korans« genannt worden sein

Tag des Bodens: am 30. März 1976 erstmals als Protestkundgebung der arabischen Bevölkerung Israels gegen Bodenbeschlagnahmung veranstaltet; seither an jedem 30. März

Umm: Mutter von …; meist in Verbindung mit dem Namen des ältesten Sohnes gebraucht

Wadi: Trockental, das sich nur während der Regenzeit mit Wasser füllt

weißblaue Fahne: die Fahne des Staates Israel

Assia Djebar im Unionsverlag

Fern von Medina
Aus dem Französischen von Hans Thill
400 Seiten, gebunden

Im Jahr 632, in Medina, mit dem Tod des Propheten Mohammed, beginnt dieses Buch. Siebzehn Frauengestalten aus den ersten Jahrzehnten des Isalm erweckt Assia Djebar zum Leben.

»Ein imponierendes Fresko mit Gestalten, deren Stimmen die Autorin für uns vernehmlich gemacht hat, Stimmen die von einer Vergangenheit erzählen, die nicht vergangen ist; Stimmen, die fordern, zu handeln, wenn Freiheit und Gerechtigkeit, gleich von wem, missachtet werden und jenes Licht verdunkelt wird, das auch einmal von Medina ausging.«
Renate Wiggershaus, Saarländischer Rundfunk

»Ein Geniestreich. Als Historikerin ist Assia Djebar mit dem Lesen von Quellen natürlich vertraut, aber *wie* sie sie gelesen hat, das macht die Einmaligkeit ihres literarischen Konzepts aus.«
Barbara Frischmuth, Falter, Wien

»Assia Djebars literarische Antwort auf die Parolen der islamischen Heilsfront – ein poetisches Plädoyer für eine differenzierte und gerechte Beurteilung der islamischen Werte und Traditionen, zu denen sie sich, trotz des aktuellen ›Desasters‹, wieder und wieder bekennt.« *Frankfurter Rundschau*

»Die Frauen sind die Trägerinnen der Überlieferung, sie versinken nicht im Dunkel der männlichen Geschichtsschreibung, was gerade heute, angesichts der politischen und gesellschaftlichen Situation in Algerien, aktueller und brisanter denn je ist.«
Heidrun Schatanek, Virginia – Zeitung für Frauenbuchkritik, Frankfurt

»Ein Buch für Menschen, die nachdenken wollen.«
Moslemische Revue, Soest

Außerdem lieferbar: »Weißes Algerien«, gebunden; »Die Schattenkönigin« (UT 11), »Fantasia« (UT 31)

Nagib Machfus im Unionsverlag

Zwischen den Palästen – Kairoer Trilogie I
Über drei Generationen und drei Jahrzehnte hinweg wird das Leben einer Kairoer Kaufmannsfamilie zu einem reichen Gemälde ägyptischen Lebens verdichtet. 688 Seiten, UT 65

Palast der Sehnsucht – Kairoer Trilogie II
Kamal bekommt die Härten und Hürden des Erwachsenwerdens deutlich zu spüren, während sein Bruder Jasin und der Vater um die Liebe derselben jungen Lautenspielerin buhlen. Aber Zanuba, diese betörende, fordernde Frau, läßt nicht mit sich spielen. Sie will geheiratet und geachtet werden. 640 Seiten, gebunden

Zuckergäßchen – Kairoer Trilogie III
Der zweite Weltkrieg erreicht Ägypten: Luftangriffe auf Kairo! Der Riß, der durchs Land geht, bricht auch in der Familie des gealterten Abd al-Gawwad auf. 440 Seiten, gebunden

»Nagib Machfus schuf mit seinem Romanzyklus ein Werk, das zum Vorbild aller Romanciers der arabischen Welt wurde.«
Süddeutsche Zeitung, München

Das Lied der Bettler
In einem Fresko von ungezählten Schicksalen entfaltet Machfus die Legende von Aschur an-Nagi, dem »Auserwählten«, und seinem Viertel in der Altstadt von Kairo. 500 Seiten, gebunden

Die Kinder unseres Viertels
Das wohl umstrittenste Werk des Nobelpreisträgers; ein handlungsstarker, beziehungsreicher Roman in Anlehnung an die Menschheitsgeschichte. 576 Seiten, UT 50

Miramar
In der Pension Miramar in Alexandria logieren die Generationen des Landes: Grandseigneurs und Playboys, abgesprungene Revolutionäre und aufsteigende Funktionäre. Alle umwerben sie die Magd Zuchra, die schöne, energische Fellachin.
240 Seiten, UT 43
